凡一平

著

顶牛爷百岁史

GUANGXI NORMAL UNIVERSITY PRESS

广西师范大学出版社

·桂林·

顶牛爷百岁史
DINGNIU YE BAISUI SHI

图书在版编目（CIP）数据

顶牛爷百岁史 / 凡一平著. --桂林：广西师范大学出版社，2021.11

ISBN 978-7-5598-4312-8

Ⅰ．①顶… Ⅱ．①凡… Ⅲ．①长篇小说－中国－当代 Ⅳ．①I247.5

中国版本图书馆 CIP 数据核字（2021）第 196100 号

广西师范大学出版社出版发行

（广西桂林市五里店路 9 号　邮政编码：541004）
网址：http://www.bbtpress.com

出版人：黄轩庄

全国新华书店经销

广西民族印刷包装集团有限公司印刷

（南宁市高新区高新三路 1 号　邮政编码：530007）

开本：787 mm × 1 092 mm　1/32

印张：7.5　字数：130 千

2021 年 11 月第 1 版　　2021 年 11 月第 1 次印刷

定价：59.80 元

如发现印装质量问题，影响阅读，请与出版社发行部门联系调换。

目　录

我从来没有想活过一百岁。

——顶牛爷

第一章

当　兵

操场上的新兵成排成行，像一片树林。

团长韦将飞站在阅兵台上，面向新兵，做了一通训话后，突然用壮话骂人：乜嗖改愣辛，每躺吹热虽兵然够？（你们妈那个巴子，哪个卵仔是我家乡来的兵？）

两百号新兵里有两人听懂壮话，笑出声来。他们的笑声从不同行列里喷出，像连贯的大响屁。所有人的视线转向他们，像灭火的水盆和树枝，也没能把笑声压制住。他们仍咯咯笑。

韦将飞团长双目圆睁，两道目光扫射过去，像两把钳，夹住那两个人。然后他对身旁的团参谋长说：

把那两个臭笑的家伙，送到团部去。

臭笑的两个士兵被带到团部，已经不笑了。他俩觉得闯了大祸，战战兢兢，诚惶诚恐。

两个士兵一高一矮，看上去高的年龄比矮的大些，像多吃了几年饭。

团长看着已笑不出来的两个士兵，说：笑呀，怎么不笑了？

两个士兵僵硬地站在那里，牙齿打战，看上去只想哭。

团长便改用壮话说：江吹嗖，当降魂赖嗖敢六，当随给魂刀低敢六，隔嘛韦吹？（你们这两条卵，大庭广众你们敢笑，在自己人面前不敢笑，算什么卵？）

两个士兵一听，立即不约而同笑开了花。

团长继续用壮话说：叫什么名字？大名小名，家是哪里？多大年纪？

高个子士兵立正回答：大名韦阿三，小名阿三，家是广西省宜山县三岔乡羊角村，十七岁。

团长点头说：嗯，我也是宜山县的，你家离我家很近呢，还是我本家，都姓韦。

他转而看着矮个子士兵，说：你呢？

矮个子士兵立正回答：姓樊名宝笛，没有小名，只有外号，叫顶牛爷。家住广西省都安县菁盛乡上岭村。十四岁。

团长惊愕，说：哟，十四岁，就叫爷了，你牛呀。好，以后我就叫你顶牛爷！

顶牛爷说：是，团长！

团长说家乡话，听着乡音，他看着两个来自家乡广西的士兵，目光越来越亲切。他双手分别勾搭在韦阿三和顶牛爷的肩膀上，说：韦阿三，你做我的警卫员；顶牛爷，你做我的勤务兵。

韦阿三振奋，因为明显受到了重用，他挺胸抬头，说：是，长官！

顶牛爷郁闷，不悦写在了脸上，他鼓足勇气，说：团长，我不做勤务兵。

团长说：为什么？

顶牛爷说：我当兵扛枪打仗，不端屎端尿。

这是命令。

请团长更改命令！

团长的手从抗拒命令的人肩上离开，他搂着韦阿三，绕着顶牛爷走了半圈，上下打量，说：我晓得你外号顶牛爷怎么来的了，喜欢和人顶撞、杠牛，对不对？

顶牛爷说：是。

团长回到顶牛爷前面，说：这样，你和韦阿三打一架，你赢了，当警卫员，输了，做勤务兵。怎么样？

顶牛爷同意。韦阿三也同意。

两个争当警卫员的士兵打了起来。他们当着团长的面拳打脚踢，斗了十几回合。

顶牛爷输了。他被高个子韦阿三踢打得鼻青脸肿，嘴巴流血。

团长对被打趴在地的顶牛爷说：我内裤在房间里，洗去。

顶牛爷给团长洗内裤。当然，也洗鞋、手套和其他。他翻箱倒柜，把脏的和发霉的衣物都拿出来洗。他勤恳细致，看上去服服帖帖，像一头接受过教训的牛。

他把洗好的衣物拿到外面晾晒。松散、繁杂的衣物，悬挂在支线或摆开在架子上，像一面面旗和一坨坨银子，在风中飘动，在阳光下闪亮。他长时间守着它们，生怕风把衣物刮落，更怕突然下雨把衣物淋湿。他尽心尽职，像合格的保姆照看孩子。

晚上，团长回到团部。他看到洗好晾干的衣物，折叠得整整齐齐，摆在了对的位置。在一件老外套的上边，他看到一封信，吓了一跳，急忙拿起来看。他喜出望外，像重要的物件失而复得。

吃饭的时候，团长掏出信来，对上菜的顶牛爷说：你在哪里找到的这封信？

顶牛爷说：我洗衣服之前，都检查口袋，把口袋里的东西拿出来，不让水把东西洗坏了。这封信是我在检查口袋的时候发现的。

你看过这封信了？

没有。

为什么不看？

我不识字。识字也不能看，这是团长的信。

团长心里感动，嘴里叫顶牛爷坐下，和他同桌吃饭。

顶牛爷摇头不从。

团长说：我的话，你又不听了。

顶牛爷说：这是规矩。这个规矩，我得遵守。

团长只好像往常一样，独自吃饭。吃完饭，他不走，等来收拾碗筷的顶牛爷，拿捏着那封失而复得并且完好无损的信，对顶牛爷说：

这是我父亲最后写给我的信。他写完这封信不久，就去世了。他去世时，我都不能回去抬棺送葬。忠孝不能两全呀。

顶牛爷说：我一封信也没有，我父亲不识字，我们全家人都不识字，是死是活都不晓得。不过我出来当兵的时候，家里人都活着。

你为什么当兵？团长说，他眼睛放光，像是对这个问题饶有兴趣。

顶牛爷说：为了有口饭吃。我家人口太多了。

团长听了就笑，说：也对，没毛病。

顶牛爷听出了异样，说：团长，那你为什么当兵呢？

团长丢掉剔牙的牙签，说：我和你大不一样。我家是大财主，有几千亩田地，还有十几家商铺，钱粮多得要命。

那你为什么还出来当兵？

为了革命。

什么是革命？

团长一下子答不上来，像是遇到难题，也像是在找通俗易懂的话。他琢磨了一会，说：革命就好比你走在一条路上，觉得走错了，于是下决心走另外一条你觉得对的路。

顶牛爷摸着脑袋想团长说的话，边想边说：我以后就跟着团长走，你走的路，一定是对的。

那不一定。团长说。他抓过搁在桌子上的军帽，看了看青天白日的帽徽，戴上帽子。他把信放进穿着的衣服口袋里，出去了。警卫员韦阿三灵敏、贴身地跟随他，像条忠狗。

顶牛爷继续想团长的话，越想越懵。

后来，顶牛爷自以为想通团长的话的时候，团长已经被师军法处的人抓捕了。

那是他当团长勤务兵不久，1934年的年底，湘江战役刚刚结束。

团长韦将飞被捕的罪名是：追击共军不力，玩忽职守。

在团长被捕前，顶牛爷就预感到团长情况不妙。他发现团长被人监视；团长不在的时候，有人偷偷到团长的住处来，翻检团长的东西。

有一天，顶牛爷从外面买菜回来。他从院门走入，直接进了伙房，操刀准备切肉，忽然看见两个人从团长住房的窗口接连跳出来，然后从打开的院门跑走。顶牛爷操刀奋起直追，没追上。跑掉的人落下一样东西，是一本证件，被顶牛爷捡起，交给回来后的团长。

团长看了证件，冷冷一笑，说：自己人。我明天就还给他们。

顶牛爷纳闷，说：自己人为什么要偷偷摸摸，像贼一样。

团长说：自己人不信任自己人，就这样呗。

他们为什么不信任团长？

因为我是广西人呀。我在蒋军里带兵，他们怀疑我跟桂军甚至共军，有勾结。

蒋军和桂军，不都是国军，都打共军吗？

团长喝着顶牛爷端来的水，说：你端来的水，我就放心喝。别人端来的，哪怕是酒是肉，我都得小心。明白我的意思了吗？

顶牛爷刚想点头却摇头，表示不明白或不全明白。

团长看着一旁的韦阿三，说：你呢？

韦阿三也摇头。

团长说：我原来的警卫员和勤务兵，是外省人，外乡人。我把他们换掉，换上你们俩，是为什么？

韦阿三说：因为我们听得懂你讲的家乡话呀。我们在一起，可以全部讲家乡话。除了我们，别人都不会讲，也听不懂。

顶牛爷说：你用我们，是相信我们不会出卖你。

团长一听，茶杯都不放下，就冲动地张手搂过韦阿三和顶牛爷的头，搂靠在自己的两边肩膀上，像把两只南瓜或两只鸭子，按压在砧板上。

团长搂着顶牛爷头颅的这边手拿着茶杯，倾斜了，热水倒出来，从顶牛爷的脖颈往下流，烫着他的皮肤。

顶牛爷忍耐着，一声不吭，像一头冰火不惧的牛。

打那天以后，顶牛爷就更加小心和细心了。团长不在住处，他便寸步不离。实在迫不得已离开，他便在人能出入的地方铺上一层细沙，还在重要的物件或文件上面放上一两根头发，这样如果有人来过和翻检过文件，他便能及时和准确地发现。

顶牛爷以为这样就能保护团长。他必须保护团长，因为他觉得团长是个好人和了不起的人。团长是个富家子弟，家财万贯，却在所不惜出来当兵，为了革命。团长革命的目的，与他当兵为了有口饭吃的目的不同。团长是为了革命，他是为了活命。团长所说的走对的路，是一条大路并且可以走很长的路，尽管团长认为自己正在走的路不一定对，但团长向往正确的路。团长不欺负穷苦人，特别亲近和信任他与韦阿三这两个老乡。团长深谋远虑，所作所为不会有错。他要死心塌地跟团长走。他不能辜负团长。

但团长还是被抓捕了。

团长被抓捕的那天飘雪。顶牛爷煮好饭菜，还烧了一盆炭火，等团长。

团长迟迟不回。

三天前，团长提醒甚至明示过顶牛爷，哪天团长要是超过饭点与警卫员都不回来，他就赶紧跑。跑得越远越好，找不到共军，哪怕先跑到桂军那里也行。总之一定要脱离蒋军。

今天团长和警卫员韦阿三超过饭点没有回来，一定是出事了。

顶牛爷没有跑。

事实证明，顶牛爷没有跑是对的。他要是跑了，跑到桂军或共军队伍里去，而不是留下来作证，那么，被抓捕的团长串通桂军放跑共军的罪名就成立了，是罪上加罪，而不仅仅是后来认定的追击共军不力，玩忽职守的罪名。

军法处传唤顶牛爷，要求他检举揭发团长韦将飞，证明团长韦将飞在湘江战役中串通桂军放跑共军。

主持讯问的是军法处的处长，顶牛爷至今记得那个人的嘴脸，那是个蛇脸也蛇蝎心肠的家伙。顶牛爷过后称他毒蛇。

毒蛇：我听说人们都叫你顶牛爷，是真名还是外号？

顶牛爷：顶牛爷，从小人们就这么叫我了。

这么说你现在是大人了。

我今年十四岁，我是大人，那你不就是老人了吗？

韦将飞，就是你的长官，他犯了重罪，被我们抓捕了。你是他身边的人，肯定知道他的很多罪行，甚至与他是共犯。但是只要你揭发检举你的长官韦将飞，有立功表现，我们就不抓你，放你走。

我是团长的勤务兵，只懂得给团长端屎端尿，做饭洗衣服，其他的我全部不懂。

不要等我们用刑，你才说出来。警卫员韦阿三比你聪明，他已经招供了。

他招供就不是人。

韦将飞、韦阿三和你，你们仨在一起就说鸟语，用鸟语交流和传递秘密情报，还敢说不是一伙的？

我们是老乡，在一起说的是家乡话，不是鸟语。

毒蛇放出一堆材料，说：这是我们缴获的机密文件，以及韦将飞和韦阿三的有罪供述，你只要在上面签个名，我们就把你放了。

我不识字，更不会写字。

那就摁手印。

我不能脏了我的手。

毒蛇不由分说，朝他的部下使眼色。部下强行将顶牛爷的右手拇指摁在文件上。

若干天后，在审判韦将飞的庭上，判官举出顶牛爷的证词文件，让顶牛爷确认。

顶牛爷否认。

判官指着文件上的手印，说：这是你的右手拇指指印，你还抵赖！

顶牛爷举起右手，左右前后亮了个遍，说：大家看，我右手有拇指吗？

大家一看，顶牛爷的右手，果然没有拇指。

顶牛爷的证词，变成了捏造或子虚乌有。

团长韦将飞得以免了死罪，从轻发落，只判了有期徒刑。

许多年之后，已投奔共产党并成为解放军军官的韦将飞，在感叹自己弃暗投明、命若琴弦的时候，仍然不能忘怀那个义薄云天、断指伸冤的勤务兵。

顶牛爷被强行在证人文件上摁下手印后，回到住处。他看着那可能要命的右手拇指，毫不犹豫地操起菜刀，将其切断。

顶牛爷从此没有了右手拇指，或者说一双手只有九根手指。

他后来回到上岭村生活，异于常人，因为他手指不全，也因为他经历独特。

他今年一百岁，一生传奇。

当兵，只是他百岁史和传奇的开始。

第二章

督　战

顶牛爷是我们上岭村目前最长寿的男人。今年一百岁。

我六岁的时候，顶牛爷五十岁。那时候他很壮，像一头牛。我以为人们称他顶牛爷是这个原因。后来我才知道不是，至少不全是。他跟常人不一样，头上长两只角。重要的是，他常常跟人过不去，总是顶撞别人。所以顶牛爷是这么来的。

我最早接触顶牛爷，主要是想看他头上长的两只角是什么样子，最好还能摸一摸。但顶牛爷总是戴着帽子，一年四季都戴。想让他把帽子摘下来很不容易。先得听他讲故事，等他讲故事讲到全神贯注的时候，再突然把他帽子摘下来，看他头上的角，争取摸一摸。我的计划是这样。

但我的计划总是没有得逞。原因是顶牛爷的故事太精彩了，我总是听得入迷。他的故事惊心动魄、生动和勾人，以至于我把他头上的角给忘了。

顶牛爷督战，是我最早知道的故事。

1938年，十八岁的顶牛爷参加了台儿庄战役。他是督战队的队员。所谓的督战队，就是防止官兵临阵脱逃的组织。在常规的部队和一般的战斗中，是少有甚至没有督战队的。通常的战斗中，如有士兵临阵脱逃的现象，督战的工作就由指挥官或机枪手兼任。而专门设立督战队，除非是战事吃紧、生死攸关。事实上台儿庄战役打响之时，参战的中国军队是没有督战队的。二十九万中国军人抗击五万日本鬼子，似乎也没有设立督战队的必要。但随着第五战区副司令长官兼第三集团军总司令韩复榘拒不服从第五战区总司令李宗仁的命令，不战而退，非但使中国军队失去了黄河天险，更将济南、泰安等地拱手让敌，致北段津浦路正面大门洞开，使日军得以长驱直入，给徐州会战投下阴影。韩复榘遭到蒋介石枪毙的处置。杀鸡儆猴，韩的不战而退和被枪毙，提醒了战区总司令李宗仁，设立督战队乃当务之急和至关重要，各集团军、军团的每个师旅都要有。李宗仁把他的警卫营几乎全部分派下去，插在各师旅的督战队里。警卫营是清一色的广西兵，个个武艺高强，是白崇禧亲自为李宗仁选送的。关键是，他们对担当战役总指挥的广西将领忠心耿耿。派他们去督战，想必李、白既放心又有信心。

顶牛爷被派往第二十军团第三十一师九十三旅，当了一名督战队的队员。

战场就在台儿庄。

九十三旅旅长乜子彬看着从战区总司令李宗仁身边派来的督战队员，个子矮肤色黑，且年龄还小，很纳闷和不屑，他对顶牛爷说：

小子，你是怎么当上的警卫？

顶牛爷听了不爽，立即顶嘴说：你是怎么当上的旅长？

乜子彬听了不悦，说：现在是我问你，还轮不到你问我，你算老几？

顶牛爷说：你这个话，也不该问我。

不问你问谁？

白副总长，他挑选的我。

白……你是什么地方的人？

你说呢？

旅长乜子彬看着敢和他顶牛的人，已经判断出他来自桂系。他有所忌惮，虽然他的部队是蒋介石的嫡系，但目前是在桂系将领的直接指挥之下，忌惮是对的。他机灵地转变态度，竖起拇指说：

广西人打仗勇、猛、狠，像豺狼虎豹。

顶牛爷说：我这次的任务，不是打仗，而是监督打仗。谁要是不从军令、临阵脱逃，我就处置谁。

乜子彬说：如果是我这个旅长呢？

照样。

乜子彬忽然高兴了起来，他河北人的大手往广西小子的肩上一拍，说：有种！我喜欢你。不过你放心，我乜子彬打日本鬼子，既不会不从军令，更不会临阵脱逃。我所有的部下我的兵，只要有临阵脱逃者，任你处置，我决不干涉。

顶牛爷见与旅长顶牛，顶出了尊重，他的态度也缓和了，说：现在我可以告诉你，我是怎么当上李总司令警卫营的警卫了。

乜子彬伸手一挡，说：不必了。

顶牛爷及其他督战队员到了一八三团三营。该营的任务是摧毁日军在台儿庄北五里刘家湖村的炮兵阵地。日军的炮火正在从刘家湖村方向朝台儿庄猛轰，而三营的进攻遭到日军炮兵防卫部队的阻击，停滞不前。

督战队全副武装，跟在三营后面。队员们都佩戴印有"督战"二字的臂章，像握有尚方宝剑的御林军，威风凛凛。他们扎实向前，遇到龟缩在弹坑或壕沟里的士兵，就劝告和驱赶他们继续前进。遇到往后退的士兵，就朝天鸣枪，警告他们不得后退。如果还有士兵不听警告，继续后退，则逐渐把枪口降低。谁一旦越过警戒线，格杀勿论。

督战队枪毙了三名越过警戒线的逃兵。

即便这样，仍有溃退的士兵源源不断，而且人数众多，就像蝗虫一样席卷过来，让仅有的五名督战队员杀不完，也不忍杀。

督战队与溃退的士兵形成对峙。逃兵们不再逃，但也不往回冲。督战队虽然不再开枪，但寸步不让。双方僵持在那里，像几匹狼对阵一群豺。

逃兵里站出一个少尉军衔的人，是个排长。想必他周围的是他的兵，和他一起逃的。他上前给督战队抱拳作揖，说：

兄弟们行行好，放我们一马，让开一条活路给我们走，他日我们一定感恩戴德，涌泉相报。

督战队立即就有人上前，是顶牛爷。他走到少尉跟前，瞪着少尉，先喷少尉一口唾沫，再手一指，说：谁他妈的是你兄弟？请你马上带领你这帮逃兵，再冲上去，可以不法办你和你们！

少尉被喷唾沫，又受了指责，火冒了上来，用手指着自己说：你知道我是谁吗？

我他妈的管你是谁？你就是个逃兵！

旅长乜子彬是我大姐夫。少尉说，他一口河北腔，底气也足。

旅长是你大姐夫，李总司令还是我大舅呢，还有白副总长是我干爹！顶牛爷说。他不仅顶牛，还会吹牛。

少尉说：既然我们都有后台，上面官官相护，那我们下面，不都是亲戚嘛。

顶牛爷说：我的意思是，我的后台比你硬。你信不信我敢毙了你？

少尉挺起胸膛，说：来呀，开枪打死我呀。我是逃兵不假，可我、我们为什么当逃兵呢？日本人的武器太好了，火力那么猛，我们打不过呀。

顶牛爷说：你们贪生怕死，武器再好都没用。

少尉说：你他妈的见过日本人吗？你和日本人干仗你就知道厉害了，你敢吗？你他妈的也就敢在后面吓唬我们这些中国人。

顶牛爷退后几步，端起冲锋枪，说：我给你三十秒钟，决定是不是往前，继续冲锋。

大约过了三十秒，少尉转过身，面向日军飞来和经过头顶的炮火，背对督战队员的枪口，却不前进，像是等待子弹从背后射来。

顶牛爷一梭子枪毙了少尉。

其他的逃兵见状，吓得屁滚尿流，不知所措。

顶牛爷对惊恐的逃兵们说：你们退肯定死，往前冲兴许还有活着的可能，哪怕死了，也是条汉子，像个中国人。

有逃兵说：你把我们排长打死了，我们没长官了呀。

顶牛爷说：现在，我就是你们的排长了。

督战队分队长想拦又不好拦顶牛爷，由着顶牛爷率领逃兵们折回去，冲锋陷阵了。

三营营长高鸿立和余部，还困在前沿阵地里，焦头烂额、灰心丧气。他忽然发现逃兵们在一个陌生军人的带领下，回来了。他重新振作和兴奋，上前迎接。他看清了陌生军人的臂章，说：

督战队还真是管用呀。

顶牛爷把臂章脱下来，说：我现在是你的排长。我前面的排长，被我枪毙了。

高营长说：不，你现在是连长了，一连连长牺牲了，你顶替他，你带回的兵也跟着你。

顶牛爷说：你问都不问我叫什么名字，就封我当连长了。万一我阵亡了呢？连个名字都不记得。

高营长说：你牛大爷，等这仗打下来，我连你祖宗八代都要问。

顶牛爷觉得营长连他的外号都懂，虽然不很准确，但也可以了。他满意地领着带回的兵去一连就任。

一连剩下不到五十个人，加上顶牛爷带回的兵，也就七十个人。他清点完人数，再清理、检查武器和弹药。然后，重新分配，每人必配一把大刀和八颗手榴弹。顶牛爷对集结完毕准备冲锋的连队士兵说：大刀是用来砍日本鬼子的，手榴弹是用来炸炮兵阵地的，不要用反了。

这时高鸿立营长过来了，说：给我发一把大刀和八颗手榴弹。

顶牛爷看着想要一起冲锋的营长，说：你不行。

我为什么不行？

你是营长呀。

现在不需要营长，只需要敢打敢杀的勇士。我要跟你们这些勇士一样，要一把大刀和八颗手榴弹。

顶牛爷说：那行。

高营长说现在不需要营长，其实是需要的。在他的呼号和指挥下，三营发起了冲锋。前面已经有过多少次冲锋，不知道，但这回肯定是最后一次了。

高营长身先士卒，顶牛爷与他并肩作战，他们像并驾齐驱的马车或联袂比武的刀客，在前面杀开血路，做随后士兵的表率。大刀向敌人的头上砍去，日本鬼子的头也是肉和骨头长的，经不起钢刀的砍和剁。面对凶狠迅猛、拼死一搏、誓与敌人同归于尽的中国军人，日本鬼子惊呆和吓坏了，最终无法招架，弃炮而逃。

这场战斗，三营最后只剩下三个人。如果不算上顶牛爷，是两个人。

高鸿立营长战死了，他身中五弹，在顶牛爷旁边倒下。

摧毁了日军炮兵阵地后，顶牛爷来到高鸿立营长的遗体前致哀。他对这位火线上提拔他的长官说：都死了，你也死了，谁还认我这个当了半天的连长呢？我的连就剩下我一个人。我当连长的事情，就天知、地知、你知、我知，好吧，我现在把连长还给你，就当你没有任命过我。

台儿庄战役结束，顶牛爷又回到警卫营。他自封排长亲率逃兵上阵杀敌并摧毁日军炮兵阵地的事迹，仍然被人知道了，除了他当连长这个事情。消息传到李宗仁总司令那里，他把顶牛爷叫来，对这个敢作敢为的老乡警卫说：

我是怎么成为你大舅的？我怎么不记得有你这个外甥？

当时白崇禧也在场，说：他还讲我是他干爹呢。

顶牛爷说：总司令，总参谋长，两位长官，如果你们觉得我不配，我收回好了，就当我放屁。

举座皆惊。

李宗仁有些愠怒，说：你这个屁放得也太响了吧，就差蒋委员长不晓得。成何体统。

顶牛爷说：任由总司令发落。

李宗仁尴尬，手一挥，说：从哪里来，回哪里去。

白崇禧看出李宗仁的愠怒是装的，但尴尬没台阶下是真的。他看着李宗仁和顶牛爷两人，对顶牛爷说：那就到我这来吧。

顶牛爷从此真跟了白崇禧，在他的警卫营，当警卫，离白崇禧比离李宗仁还近，离当贴身警卫就一步之遥。但白崇禧去哪，他基本上跟去哪。他跟着白崇禧南征北战，从1938年到1949年，跟了十一年。

1949年，解放军大兵南下，如秋风扫落叶，将国军打残打败。白崇禧率领的国军第三兵团，节节败退，从东北撤到河南，再从河南撤到湖南。再撤，就是广西了。

衡宝战役，是国军守住中南小半壁江山的关键一仗。这仗要是输了，就得退守广西，而广西的南边是海，再退，就像一群丧家的狗被打落水里，注定上不了岸翻不了身。

国军第三兵团第七军，是白崇禧的嫡系，几乎清一色的桂军，作战勇猛彪悍，且装备精良，有"钢七军"的称号。白崇禧把获胜的全部希望，寄托在他的钢七军上。

因为战事吃紧、生死攸关，白崇禧同样或不得不使出台儿庄战役的做法，或者说法宝，设立督战队。他把自己信任的警卫营的警卫，都分派出去，当起督战队的队员，或队长。

顶牛爷下到第七军一七一师，当督战队的队长。

一七一师师长叫张瑞生，是广西人。他看着已是膀大腰粗的顶牛爷，用家乡话说：拜托老弟，此战胜败，就看你督战的力度啦。

顶牛爷听了不爽，像当年乜子彬旅长说他一样。他直面甩挑子的师长，说：拜托我？那要你这个师长来做什么？我是督战的，不是指挥作战。你是指挥官，仗打胜了，是你指挥有方，败了，是你指挥不力。我只是来帮助你打胜仗的。

师长张瑞生听了，尽管心里不悦，但对从白总司令身边来的人，又是老乡，还是表示了尊重和欢迎。他对与他顶牛的顶牛爷说：

一七一师六千多号官兵，都是我们广西老乡，但愿你开杀戒的时候，不要错杀和枉杀。

顶牛爷说：我打生打死这么多年，比你心中有数。

一七一师防守的是衡宝沿线的渣江地区。顶牛爷在主前沿阵地后面五百米，划定了警戒线。这意味任何后退都不能越过警戒线，违者军法处置，实际就是格杀勿论。

战斗打响了。先是解放军的炮火朝一七一师阵地一顿猛砸，像下饺子一样。顶牛爷看着同胞兄弟的血肉横飞，有的还掉到他面前，一阵阵心疼。这种对死难同胞的心疼与抗日的牺牲大不一样。为抗日而死，死得其所，心疼中犹然有一种尊敬。而这却是内战，是自己人打自己人，死不值得，除了心疼，还觉得可怜。炮火压制之后，解放军发起进攻，国军抵挡。两支中国军队交战，彼此拼杀，你死我活，战斗异常激烈。

一七一师开始出现逃兵。

三三两两的逃兵，像河面漂浮的几根浮柴，出现在督战队的面前，自动停下，像是被大坝拦住了一样。他们没有强行越过警戒线，而是希望督战队放行，像船顺利通过船闸，那是最好。但那是不可能的，督战队个个面目铁板一块，黑洞洞的枪口对准逃兵，随时等队长一声令下，扣动扳机。逃兵们不愿死在这样的枪口下，也不愿回头去送死，就赖在那，一副听天由命或期待石头开花的样子。

顶牛爷既不下令鸣枪警告，也不直接格杀，像是忘记了自己是队长。他冷静、僵硬地站在那，像一尊石狮子。

逃兵越来越多，已经像被狼撕咬、驱赶的羊群一样涌现。他们没负伤的扶着受伤的，有的把枪当成拐棍，有的索性把枪扔了。这些狼狈逃窜、丢盔弃甲的官兵，无非是为了保命或求生。他们同样在警戒线和督战队面前缓行，或停下来，像是在手拿戒尺的先生面前彳亍的学生。

这众多的逃兵或骂骂咧咧，或喊疼喊死，全讲广西话，连呻吟也是南方腔调。顶牛爷听了亲切，更增加了同情和怜悯。生硬的他动摇了，像火塘边的冰块渐渐融化了一样。他情不自禁，浓重的乡音破口而出：

爱拔灭够代当韦，瘦条吧，拜马然！（我死卵了，你们逃吧，回家去！）

逃兵们一听便知顶牛爷竟然是老乡，无不释怀和欢欣。他们迈开了步伐，越过警戒线，像迁徙的动物涉过河水，然后择路奔逃。

顶牛爷原地朝天鸣枪，像是嫌逃兵们跑得不够快，也像是形式上的履行职责。

第一拨逃兵被放过，就像大坝有了缺口一样，这不只是缺口，是故意开闸放水。第二拨逃兵接踵而来，自然而然也顺利通过了。

顶牛爷对其他督战队员说：你们也逃吧，如果不想死的话。

其他督战队员跑得一个不剩，他们各奔东西，像分飞燕。

师长张瑞生带着两名警卫也跑过来了。他衣襟敞开，露出肚皮，帽子也是歪的，但握着手枪。见顶牛爷独自在那，问：你的队员呢？

顶牛爷说：跑了。

你为什么不跑？

顶牛爷说：我为什么要跑？

师长说：你再不跑，就等着当解放军俘虏了。

顶牛爷说：我不当俘虏。

那你是要杀身成仁咯，随便你。师长说。

师长正要走，忽然想起什么，要警卫把衣服脱下来，他要和警卫换衣服。两名警卫赶忙把衣服脱下来，让师长挑选，他们仿佛想在生死关头，过一把当师长的瘾。

顶牛爷在一旁冷峻地呵斥道：别动！再动我开枪了。

师长和警卫转睛一看，顶牛爷的冲锋枪正对准他们。

把衣服都穿回去，各穿各的。顶牛爷说，他晃了晃冲锋枪的枪口，每个人都点拨到。

三人见顶牛爷不善，穿回了各自的衣服。

然后，顶牛爷对俩警卫说：你们走吧。

师长见警卫都走了，说：我呢？

你留下。

为什么？

你是师长。

师长？师长苦笑着说，我这个师六千多号人，死的死，跑的跑，全没了。我光杆一条，还像个什么师长。

所以，你要留下。

我问你，留下干什么？眼看就要全军覆没了，我可不想当俘虏。你可以，官不大。我官大，当俘虏也是死路一条。

不是留下，是跟我走。

去哪？

顶牛爷说：跟我去白总司令那里，做个交代。

师长张瑞生愣怔，看着顶牛爷，像看一个傻子或怪物，说：你脑子进水啦？

没有。

不进水你发什么癫？仗打成这样，怎么有脸去见白总司令？又怎么交代？

说白了，就是去承担罪责。顶牛爷说，我们都有罪。你指挥无能，我放走逃兵。你担你的责，我认我的罪。

我们去就是找死，晓得吧？师长说。

死活都要去。白总司令对我不薄，对你更不薄。

我不去。

必须去。我命令你，跟我走。

你没权力命令我！

我有。顶牛爷说，他示意师长看他督战队的臂章。我可以命令任何临阵脱逃的人，包括你。

那么多的逃兵，你为什么放他们跑，却偏偏不放过我？

因为他们是兵，是马。马是无辜的，所以我放马生路。你是官，这里最大的官，是骑马和养马的人，马死了和跑了，要不要给比你更大的主人有个交代？你说。

师长犹豫，像是把顶牛爷的话听进去了一半。

再不走我们可真要当俘虏了。顶牛爷说。

不远处，烟尘滚滚，喊杀震天。

师长见状，说：走。

顶牛爷与师长张瑞生肩并肩，不紧不慢地走，像两个闹别扭但目的地一致的兄弟。师长的腰间别着手枪，顶牛爷的冲锋枪挂在胸前，看上去谁也不犯谁，怕死，又不怕死。

但无论快慢，他们去白崇禧总司令那里报到，显然是来不及了。解放军占领了阵地并消灭了掩护，追击而来，像狼群围堵几只羊一样。

顶牛爷和师长张瑞生，做了解放军的俘虏。

解放军优待俘虏。愿意投诚参加解放军的，欢迎；愿意回家的，发路费，回家。

顶牛爷选择了回家。

说来很巧，解放军负责俘虏去留的一个副连长，是上岭村人，叫韦正年。他才十七岁，顶牛爷二十九岁。两人刚见面的时候相互不认识，因为顶牛爷出来久了，双方面貌变化太大。有一次，韦正年给士兵一级的俘虏上思想政治课，用普通话讲。讲到他也是从国民党军队投诚过来的，并且是带着一个连的士兵投诚，顶牛爷在下面用壮话骂了一句，意思是，这个卵仔人小马大。一下课，韦正年把顶牛爷拉到一边，用壮话说，你骂我？顶牛爷一听乡音，用壮话问，你哪里的？韦正年说，都安。

都安哪里？

菁盛。

菁盛哪里？

上岭。

我也是上岭的呀。

那我怎么不认得你？

你是谁的仔？

韦光球。

哦，想起来了。我出来当兵的时候，你还是小屁孩。现在你长大了，变了。我也变了。

你外号叫顶牛爷。

对，是我。

你年纪轻轻，就被称作爷，真牛。

因为我老和人顶牛。

我建议你投诚，参加解放军。

不，我要回家。

为什么要回家？

我为什么不回家？

当解放军好，有出息。

因为你十八九岁就当了副连长？

我这副连长是立功当的，不是买的。

论功劳我比你大多了。

杀解放军？

杀日本鬼子。台儿庄战役，刘家湖村，摧毁日军炮兵阵地的战斗，你去查一查，有没有我。

你放走了许多国民党的逃兵，我是晓得的。

不然怎么样？继续跟你们打，会死更多人。

你参加了解放军，就是我们的人，自己人。

我回家当平民百姓，就不是你们的人了吗？

你……爱回回吧。

两个上岭村人在异地，用家乡话说嘴、还嘴、斗嘴，不亦乐乎，一个说服不了一个。两人短暂在一起，便分开了，各走各的路。

关于顶牛爷巧遇同村人韦正年的事情，我长大以后，有机会见到了另一个当事人——韦正年。那是1990年，时任金城地委书记的韦正年接受了我的采访。我作为《党纪》杂志的特约记者，在与他访谈了廉政方面的问题后，额外地问了他和顶牛爷的事情，重点核实顶牛爷有没有和他说过那样的话。这位战功卓著、政绩斐然的上岭人说：

他和我顶牛，但是没有吹牛。

我说：如果当年顶牛爷听了你的建议，参加了解放军，那么他今天说不定也像你一样，当官员。可能当得比你大，也可能当得比你小。总之肯定不会只是一个平民。

韦正年说：说不定他在战场上就战死了呢。他现在活得健健康康的，多好。

那倒是。我说。

韦正年说：命运无常，谁命好命不好，现在都不好说，到死的那天才知道。

韦正年发表这个言论的时候，是五十八岁。他六十岁退休，尔后因经济犯罪入狱，坐了七年牢。2020年春，韦正年于上岭村去世，终年八十八岁。

而顶牛爷一百岁，活着。

第三章

阉 活

顶牛爷最开始是阉猪、阉鸡、阉羊的，他不阉牛。

顶牛爷被俘虏后，选择了回家。1950年，三十岁的顶牛爷回到上岭村，当了一个农民。他十四岁出去当兵，十六年没有回过上岭村。他的这次回来，将是永久的扎根，死心塌地不出去了。

顶牛爷的家庭成分是贫农，家中共有八口人：爷爷奶奶、父亲母亲、两个弟一个妹和他。但是分田分地，却没有他的份，因为他当过国民党的兵。顶牛爷很生气，觉得不公平。他去村里说理，去乡里说理，实际就是闹事。他对村、乡干部基本就是一套说辞：一、当国民党兵不是我选择的，我没得选。我遇见的部队给饭吃，就参加了。我起先当国民党兵的时候，国民党抗日，没错吧？后来国民党和共产党干起来，我有什么办法，我能让他们不干仗吗？二、抗日战争，我是有功劳的。我砍死、打死、炸死的日本鬼子少说也有十人以上，我没朝解放军放过一枪，不信你们可以去查。三、我回家当农民，却不分给我地，就像当兵没有枪扛，岂有此理？

村、乡干部对顶牛爷的说辞予以驳斥：一、国民党军归根结底是反动派，参加就是错的。二、你打死多少日本鬼子，我们不管，你没朝解放军放过一枪，我们不信。三、地已经分完了，没你的份，算你倒霉。

顶牛爷从小到大，老是与人顶牛，这回顶不过村里和乡政府的干部，认栽了。他耕种自家的两亩三分地，却没有一分一厘是以他的名头获得的，不然应该多得几分。那么实际上，他就是在蹭家里其他人的口粮，或者说是家里的其他人在赏他饭吃。哪怕他干活再卖力，也成不了家里的主人，因为他没有地。

阉猪、阉鸡、阉羊的行当，就是在没有地的窘境中萌芽的。

这得先从杀生开始说起。

村里逢年过节、红白喜事，少不了杀猪、劁鸡、宰羊。这是见血、折寿和操劳的活计，没人愿干，也没几个人能干。劁鸡还凑合，杀猪、宰羊通常都得到外村去请人，有时候要走两三个村才凑齐一个屠宰的班子，付出的犒劳还不小，除了伺候吃好喝好，回去还得搭上大块的好肉好骨。实在是不划算，但又无可奈何。

那年，顶牛爷的爷爷死了，享年九十三岁。村里的人死了，按风俗七十岁以上的，都按喜事来办。除了家里人，其他人不仅可以开荤，而且可以猜码喝酒，就是说，名义上是办丧事或奔丧，其实也是举办或参加一场娱乐喜庆活动。那么九十三岁高寿的爷爷去世，肯定是要大操大办的。家里有头三百斤的肥猪，具备了大操大办的条件。杀猪待客、宴飨乡亲，这也是爷爷生前的愿望。

猪要请人来杀，按通常的规矩犒劳人家。在别的家庭做这事，似乎没什么问题，都会是一致同意的。

但在顶牛爷家，就不同了。顶牛爷坚决反对请专业的人来杀猪，就是说他不赞成也不接受需给犒劳的帮忙。邻里乡亲，帮杀一头猪或一只羊，吃一顿两顿都可以，合情合理，但吃完还要带好肉好骨走，就过分了。家里的其他人也不愿意这样，问题是去哪里请得到愿意无偿帮忙而又懂行的杀猪人呢？

顶牛爷说：不就是杀一头猪吗？我不信杀一头猪，比杀鬼子都难。我来操刀，两个弟弟两个堂弟协助我就成。

又一个问题来了，家里人都在服丧、吃斋，亲自杀生好吗？

顶牛爷说：就当是杀鬼好了。杀鬼是不会遭天谴的，就像我杀日本鬼子一样。

于是，顶牛爷与他的弟弟、堂弟豁了出去，把猪摁住，把猪栏拆了，将三百来斤的猪拖了出来，抬起，架在木工的刨凳上。顶牛爷扎着马步，一手夹住猪嘴，另一手拿尖刀，对准猪喉，然后狠狠一捅，再扭转刀柄，往外一拔。只见血霎时喷涌如注，像山中瀑布，流泻到半米开外的脸盆里。

猪被击中要害，没有太多的挣扎，很快死了。剩下的刮毛、破肚开膛、切分等细活小活，就交给厨房的人。

顶牛爷与弟弟、堂弟，洗净身上的血污和泥垢，又回到爷爷的棺材边，守灵尽孝。他们每个人面目慌张，都没法淡定，生怕爷爷的亡灵不能超度，或遭天谴，即使口口声声不怕鬼的顶牛爷，心里其实是害怕的。直到爷爷出殡一年，家里一个弟弟当了工人，一个堂弟当了兵，呈现出吉祥，忐忑恐慌的心才完全平静和稳定下来，相信爷爷肯定孙子们杀猪的行为，并且已经在保佑和造福家庭了。

自此，本村遇到杀猪、宰羊的事情，都不用到外村请人了，因为有现成的，就是顶牛爷。他帮人杀猪，只管吃一顿，别的都不要。

宰杀的问题解决了，但禽畜的阉割，还得从外面请人，就像公司的重大工程，核心技术却还得依靠外聘专家一样。

村人养的鸡、猪、羊，除了做种，都要阉割，为了禽畜长得更快更肥。阉割它们，比屠宰它们，显得更重要，需要更小心。阉割，才能肥大，相当于给禾苗施肥才可以丰收。如果不小心阉过火了，禽畜就会死掉，那损失就大了。如果马虎阉不干净也不行，禽畜不阴不阳，既长不肥大，也活受罪。所以阉割行当是个技术工种，跟医生是等同的，可以说是兽医。

某年某日，有村人在顶牛爷杀猪的时候，说：你光会杀猪，却不会阉猪。会阉猪，那才是真本事。

顶牛爷听了不爽，说：阉猪算什么真本事？我连人都能阉，你信不信？要不先拿你练练？

村人的刺激，进一步激发了长期处于无地窘境的顶牛爷创业的热情，他决定把阉猪、阉鸡和阉羊当副业，甚至主业。他首先拜师学技。

可是，顶牛爷遍求方圆五十里会阉割的师傅，都没有人愿意教他。他明白，多他一个会阉割的人，那些师傅就会少一条财路。

顶牛爷迫不得已选择了自学。他购买和自制了阉割禽畜的全套工具，柳叶刀、缝针、缝线、镊子、药棉和碘酒等，能想到的都备齐了，跟医院外科手术的器械差不了多少。

顶牛爷觉得准备妥了，自家的猪、鸡和羊，首先成为他练习的对象。家里的猪、鸡和羊，被他阉的，都死了。阉死了的猪、鸡和羊，被他拿来反复练，直到发臭为止。家里的禽畜都被阉死了，顶牛爷打算拿叔叔家的猪、鸡和羊来练，遭到叔叔全家的反对。顶牛爷对叔叔全家说：

阉死一头，或阉死一只，我按成年出栏的价格赔偿。阉成了，不收你们钱和东西。也许你们觉得万一我把猪给阉死了，把羊给阉死了，我没能力赔你们。那么好，我请你们看我的牙齿，最里面的四颗。

顶牛爷说罢张大嘴巴，走到房屋的外头，借助阳光照亮黑洞洞的口腔。

叔叔全家一一看见，顶牛爷的嘴里，有四颗牙齿闪着金光。

顶牛爷说：这四颗牙齿，都是金子种的、镶的。任何一颗，把你们房子买下都富余，何况一头猪、几只鸡和羊。

叔叔家有人问：你的金牙是真的金子吗？

顶牛爷说：哦，我把好好的牙齿拔掉，种上不是金子的牙齿，我癫呀？有病呀？

那你的金子是从哪来的呢？叔叔家又有人问。

我当兵十几年，抗日战场上缴获的，上缴后长官赏还一部分，积攒的。

怎么想到做成牙齿？

顶牛爷说：不做成牙齿，难道我塞到屁眼吗？塞到屁眼保得住吗？

你都那么有财了，干吗还要学阉猪阉鸡阉羊呀？

你们一家人问得也太多了，而且问的都是笨蛋才问的话，我不阉你们家的畜生了！顶牛爷说。他生气了，手指着叔叔一家人。但是我告诉你们哦，不许把我有金牙的事情泄露出去。哪个要是漏出去让别人晓得，我就把哪个当畜生来练，阉了。

叔叔全家被利诱和威逼，半信半疑放开自家的鸡、猪和羊，让顶牛爷去练手。

仿佛功夫不负有心人，顶牛爷在叔叔家禽畜身上的练手，居然获得了成功。被他阉后的鸡、猪、羊没有一例死亡，个个成活。它们在被阉后的最初几天里，萎靡、寡欢、厌食、不眠。但再过几天，状态就变了。这些熬过了阉割之痛的禽畜，变得平静、豁达、贪吃、贪睡起来，它们除了吃睡，无欲无求，仿佛已进入宫中得以一心侍奉皇室的太监。

顶牛爷的阉活，逐渐被村人接受和认可，在大半年后全村普及，或者垄断。他的阉割技术日趋娴熟，禽畜死亡率和干净度，与以往外请的阉割佬相比，不相上下。最关键的是，顶牛爷集阉猪、阉羊、阉鸡于一身，是通才。不像其他阉割佬，阉猪只是阉猪，阉羊的不会阉鸡，阉鸡的不会阉羊，技术单一，各行其是。以往阉猪、阉鸡和阉羊，要三个不同的师傅上门，如今只要顶牛爷一个人就够了，收费还低。

久而久之，顶牛爷的活路，延伸到了村外。他陆陆续续被慕名而来的外村人请去，经营他的阉活。他有了基本固定的收入，比种田种地要划算许多。重要的是，他不再有因为没地而低人一等的感觉。由于练就了这门阉割的本事，他保住了他的金牙，只要这条路越走越宽，生活有保障，他的金牙就不会拔掉。

阉猪、阉鸡、阉羊顺风顺水了好几年，一天，有一个人突然来找顶牛爷，请他阉牛。

这个人是村长黄大宝的小弟，叫黄小宝。

黄小宝那年三十五岁，和顶牛爷一般大。他们小时候就是朋友，后来顶牛爷去当兵，与黄小宝分开了十几年，两人再见时，已经生分了，不再是朋友。黄小宝仗着有个当村长的哥哥，不仅分到地主家最好的一块地，还娶了地主最小的老婆为妻。地主最小的老婆覃一棉年轻漂亮，又有文化，与一夫多妻的地主离婚后再嫁斗大的字不识一箩筐并且长相丑陋的黄小宝，肯定也是被迫的，说白了，黄小宝就是强占或霸占。顶牛爷为此鄙视黄小宝，觉得他跟新中国成立前的地主恶霸没什么两样。黄小宝也鄙视顶牛爷，因为顶牛爷当过国民党兵，是坏分子。

今天，鄙视顶牛爷的黄小宝，来请鄙视黄小宝的顶牛爷阉牛，这是什么套路？是黄小宝认怂或对顶牛爷刮目相看了吗？

在顶牛爷家里，黄小宝放下当见面礼的烟酒，然后向顶牛爷提出了阉牛的请求。

顶牛爷愣怔，然后恼怒。

农村人养牛，也吃牛肉，但从不杀牛，也不阉牛。牛是农家的宝，等同于壮劳力。为了感恩，牛即使老了废了，人都不会杀它和阉它。只有牛意外死、老死或病死，人们才会吃它的肉，至少上岭村及附近的乡村民众，对牛的态度是这样，对狗也是。牛和狗是两种对人最忠诚的动物，所以在饲养和阉割行业里，有阉鸡、阉猪、阉羊的，就没有阉牛和阉狗的。此时此刻，顶牛爷面对黄小宝阉牛的请求，觉得既荒唐又可耻，再加上对黄小宝的反感，火气就特别大。他先把黄小宝的见面礼扔出门，然后说：

你我就不扔了，麻烦你自己滚出去。

黄小宝说：我的公牛疯了。

我看是你疯了。

它疯了就撞人、踢人。

顶牛爷看着黄小宝的下体，说：它该不是把你蛋蛋踢坏了吧？

它撞伤、踢伤了我老婆。

顶牛爷一愕，像是牛撞伤、踢伤黄小宝老婆覃一棉的事情，引起了他的关注或重视。那不是阉掉，而是该杀。他说。

杀掉了哪个帮我犁田犁地呀？我可不想我和我老婆受累。

牛阉掉就不伤人了？

当然，阉掉就老实了，跟猪、鸡、羊一样，跟人一样，都成太监了。

我没阉过牛。

我认为跟阉羊是一样的，只不过牛身体庞大力气也大而已。只要把它控制住就好办了。

你想得容易。

阉死了我不怪你，也不要你赔。

这句话让顶牛爷对阉牛有了七分的主意，但他没有当面答应黄小宝。他还想看一看，黄小宝的老婆覃一棉是不是真被牛伤了。

在青青的玉米地里，一个身材曼妙的女子在给初长的玉米间苗和培土。她基本上弯着腰，卖力又吃力地劳动着，像一条搁浅在滩涂上折腾的鱼。她久不久用手支支腰，像是疼痛难忍才这样做。现在看不到她的脸，因为她背对着顶牛爷，距离还比较远。但即使看不到她的脸，也能知道她是黄小宝的老婆覃一棉。

顶牛爷站在地头，观望了好长一会，像是等待覃一棉先知先觉，直起身并回过头来。但覃一棉始终没有如他所愿，相反她的腰越弯越低，低到与不足尺的玉米等高。她陷在绿油油的玉米里，最终歪倒在地。

顶牛爷箭步飞了过去，扶起了倒地的覃一棉。

覃一棉的脸显现在顶牛爷的眼里，让顶牛爷惊诧。之前多么漂亮的一张脸，此刻鼻青眼肿，满是血瘀。除了脸，她的身子骨也伤得不轻，如果不是有顶牛爷扶着，她仍然站不稳。

覃一棉倒地被人扶起，看见是顶牛爷，眼里闪露一丝亮光，透过浮肿的眼皮，投给扶助她的男人。但她很快发觉她把难看的一面，露给男人看见了，于是她把脸掉转过去，还扯下头发遮上，像人藏进里屋以后，加上了一道门帘。

是那畜生干的？顶牛爷说。

覃一棉点头。

顶牛爷从覃一棉点头的动作得到证实，义愤像滚石填满他的胸膛，他放开她，气冲冲地踩着玉米地的沟槽离开，像一辆下坡的车。

黄小宝罪大恶极的公牛与黄小宝，出现在了顶牛爷的跟前。与丑陋瘦小的黄小宝相比，这真是一头帅气和高大的牛，是牛中的美男。它一身光滑的黄毛，像丝绸一样柔顺、洁净，仿佛每天都有人清洗它或抚摸它。它一双铜铃大的眼睛，透着仁慈、敦厚的光。可这么一头慈眉善目的牛，怎么可能会做出凶恶残暴的事情呢？

一旁的黄小宝进一步说明：它就是一个大流氓。见我老婆漂亮，时时刻刻都想耍流氓。

黄小宝的说明一锤定音，促使顶牛爷下狠心阉了这头牛流氓。

牛和黄小宝都令顶牛爷生厌，但此刻要阉这头牛，还需要黄小宝的协助。顶牛爷叫黄小宝把酒拿来，给牛喝。

牛喝掉主人黄小宝喂它的小半桶米酒，醉了。它的四条腿被主人捆绑固定，眼睛被顶牛爷用毛巾蒙蔽。

顶牛爷展开和运用去势器，三下五除二，把牛的生殖器去掉了。

血淋淋的生殖器被黄小宝收了，说要拿来泡酒。

顶牛爷给牛止血、消毒，确认它没有生命危险，趁它还在麻醉中，收拾东西走开。

他在牛栏外看见了收工回家的覃一棉。覃一棉也看见了他，手上沾着鲜血的阉割佬，和她手捧一团血糊糊东西的丈夫，在嬉皮笑脸地作别，像狼狈为奸的男人。

顶牛爷望着愕在那的被侮辱和伤害的女人覃一棉，保持着笑容，仿佛在向她传递已经替她除害报仇的信息。

打那天以后，顶牛爷夜夜噩梦。他老是梦见一个素不相识的男人，来找他要东西。可是顶牛爷不知道欠谁的东西、欠什么东西。那个人每次出现，都把顶牛爷逼到悬崖，弄出一身汗。

他发现阉了那头公牛后，那个覃一棉的境况并没有好转，而且继续受伤害。每次见她，她脸上的淤血和青肿都是新创，她的身子骨轮换着受伤，没有消停和痊愈的时候。

最奇怪的发现是覃一棉常常与被阉的牛在一起，放养它。她对它的态度特别好，亲自摘最嫩的草来喂它，细心呵护它。

而牛也是百依百顺跟着她，寸步不离。她和它亲密无间、相互可怜，哪像是曾经和还在遭受它的伤害呢。

顶牛爷想不通。这天，他看见覃一棉在河边为牛洗澡，直通通走过去。覃一棉发现顶牛爷过来，急忙拉开身子，像一个栅栏，护住牛，生怕它再受伤害。

顶牛爷对这不可思议的女人说：你为什么还跟这畜生一起，它伤你还不够吗？

覃一棉说：它没有伤我，从来没有。

那那天我问你，是那畜生干的吗，你点头了，是什么意思？

覃一棉说：哪个是畜生？我丈夫是畜生，你们才是畜生。

顶牛爷一听，明白了。原来是领会错了，顶牛爷说的畜生指的是牛，而覃一棉以为是说她丈夫。伤害她的是她丈夫，不是牛。他上了黄小宝的当。

黄小宝被顶牛爷拳打脚踢，然后被一把阉刀抵着命根，被逼着说出真相——

覃一棉在成为地主小老婆之前，有一个相好。她被迫成为地主小老婆后，相好仍然爱她，等着她。上岭村解放了，她终于与地主脱离了关系，再嫁的人却是黄小宝，而不是老相好。老相好想不开，上吊死了。他投胎到黄小宝家里，做了一头公牛。自此，覃一棉与化身为公牛的相好，把缘分续上了。她的心思都寄托在公牛身上，疼它、知冷知热。和牛说话可以说上半天，摸个不停。而对黄小宝这个人五人六的丈夫，却永远是冷冰冰的，怎么教训和殴打都不悔改。于是，就有了黄小宝请顶牛爷阉牛的故事。牛被阉后，黄小宝对覃一棉和牛是放心了，可是，覃一棉对他仍然是冷冰冰的。他只有继续打她。要么把她打热，要么打死。

黄小宝的口供，与其说是真相，不如说是他的臆想。他鬼迷心窍或走火入魔，残害和加害一个可怜的女人和一头无辜的公牛。而顶牛爷毫无疑问，成为黄小宝的帮凶。

顶牛爷手里的阉刀，在黄小宝的命根部位，划了一划，把裤子划破了。黄小宝以为顶牛爷来真的，吓坏了，从此傻了、萎了。

但从此，顶牛爷再也不接阉活了。他也尽量不杀生。见到禽畜，他便远离。他痛改前非，一心向善，仍然疾恶如仇。村人对他的称呼，通常还是顶牛爷，一直到他一百岁，大多数乡亲才改称他佛爷。

第四章

裁　决

二十世纪七十年代发生的那宗婚姻纠纷事件，现在看来，是处理错了。

　　每当回忆起那宗事件，观察、思考事件处理的后果，无论是光天化日还是夜深人静，顶牛爷总是感到惴惴不安，甚至是万箭穿心，像追悔莫及的罪人一样。如果事情可以推倒重来，他肯定不会那么处理了。

　　那是1973年。那一年，一件大事，让上岭村的人们震惊不已，不可思议——覃桂叶有两个老公，被两个老公争抢。上岭村的妇女多数想不明白：从前也顶多有一夫多妻，覃桂叶为什么可以一妻多夫？上岭村的男人多数也想弄清楚：争抢覃桂叶的两个老公，谁是正统？

　　覃桂叶有两个老公并且被两个老公争抢的事情，发生在上岭村，上岭人得管，并且要处理清楚。

那么，处理上岭村民事纠纷的权威，毫无疑问或理所当然是顶牛爷。尤其这么错综复杂、离奇古怪的婚姻纠纷事件的调查和裁决，更是非顶牛爷莫属。

顶牛爷是我们上岭村德高望重的人，这是没有人怀疑的。他参加过抗战，在抗日部队中还是督战队的队员。在与日本鬼子的交火中，他严厉执法，六亲不认，枪毙了不少临阵脱逃的官兵。这些事他跟我们都讲过，我们村的人也都是相信的。打我记事以来，村里有什么未解决的事，就找他。他总是解决。

那年我九岁，那么顶牛爷便是五十三岁，因为我记得他总是比我大四十四岁。五十三岁的顶牛爷依然是单身，意味着他未婚。一个未婚的人去处理婚姻纠纷的问题，行不行？答案是肯定行。村里人毫无异议地公推顶牛爷担任这宗婚姻纠纷的仲裁，足见人们对他的信任和敬畏。

那是入冬的一个晚上，在上岭小学我读三年级的那间教室里，挤满了人。一盏高挑的汽灯，悬挂在房梁下，像一个成熟的葫芦。白炽的光芒，照着多数面黄肌瘦的人。

第一排坐着当事人覃桂叶及她的两个"丈夫"。我如今写来，之所以为丈夫加引号，是因为当年覃桂叶与两个有夫妻关系的男人都没有到公社民政进行婚姻登记，是不合法的。

但那年月不讲究这个，客观或事实上覃桂叶就是有两个丈夫。我记得两个丈夫一个叫蓝茂，另一个叫韦加财。蓝茂是外地的，韦加财是本村人。蓝茂长得白净文弱，韦加财黧黑结实。他们一左一右坐在覃桂叶的两旁，像是两丛荆棘护着一簇花。

第二排之后坐着前来旁听的村民，凳子桌子都坐满了，过道也站满了，还有人源源不断地进来。挤不进来的就站在教室外，从窗户和门外朝里面探听和观望。因为夜晚不用劳作，村里几乎所有的人都到学校来了。夜晚的学校比白天上课、下课还热闹。人们与其说是来观看、旁听纠纷的处理，不如说是来闲逛和娱乐。在这个偏僻的村子，寂寞的人们，太需要聚集和刺激了。

顶牛爷就在讲台上，面向台下的人，就像老师面对学生。台下的人也面向他，就像学生面对老师。他有时候坐着，有时候站起来，这点也像我的老师。我的老师是讲课的时候站着，学生安静自习写作业的时候坐下，而顶牛爷是审理的时候坐下，下面喧哗骚动的时候站起来。不管是坐着还是站着，顶牛爷都很威风英武，像一头霸气、强壮的公牛。

此刻，众人瞩目的顶牛爷坐在讲台上，他破帽旧衣，神情肃穆，像一名廉洁清正的判官。他让当事人一一陈述事件的事实、缘由和诉求，过程俨然就像是审案。

综合当事人所述，事件的事实、缘由和诉求是这样的——

前年，本村韦加财有了老婆。老婆是外地人。外地什么地方，村里人那时都不知道，恐怕连韦加财也不清楚。传言他这个老婆是从人贩子手中买来的，但没有人去调查和证实。总之，韦加财是有老婆了。这个外地来的女人成为韦加财老婆的标志或证据，是请了喜酒。村里家家户户都有代表去喝了喜酒，亲眼见证两位新人拜天地、敬父母。这比去公社民政割结婚证重要得多。至于他们是否去公社民政那里割了结婚证，没人关心。喝喜酒没过几天，韦加财的老婆就下地劳动了。登记工分的时候，人们才知道她叫覃桂叶。

覃桂叶与韦加财同床共枕地过着，像村里的其他夫妻一样，白天下地劳动挣工分，夜里刻意或无意地做着生小孩的事情。去年初夏，覃桂叶便生了个小孩，而且是个男孩。男孩不足月就生了，因为韦加财和覃桂叶是前年冬天成亲的，就算成亲当晚怀上，也不足九个月，所以是早产。韦加财特别爱这个孩子，因为是个男孩。他也格外地对给他生男孩的老婆好，再也不打不骂了。

孩子近一岁半的今年初冬，一个男人来到上岭村，找到韦加财的家门前，言称自己是覃桂叶的丈夫，要把覃桂叶要回和带走。这个男人就是蓝茂。

蓝茂的突然来临，让韦加财措手不及、莫名其妙，像顺风顺水中飞来横祸一样。除了他韦加财，覃桂叶还有一个丈夫，这怎么可能呢？这到底是怎么回事？

　　问题抛给覃桂叶。问题也出在覃桂叶身上。面对一个前来要回她的丈夫和一个目前拥有她的丈夫，就像面对从山谷两边滚落下来把她夹在中间的两颗巨石，覃桂叶显然是回避不了了。她必须做出回应。

　　原来，覃桂叶是蓝茂的童养媳。他们从小就结了娃娃亲。从五岁的时候，覃桂叶就来到蓝家，与两岁的蓝茂生活。蓝茂那时还在襁褓中，瘦弱干瘪，像一只小白兔。他整天哭叫，拉稀拉个不停。他一出生就是这样病恹恹的，用了很多种药也治不好。郎中表示无奈了，蓝家的大人便去找算命先生。算命先生卜算后认为，冲喜是唯一救命的法子。于是，蓝家想方设法寻找八字相合的女子，与自家小孩蓝茂成亲，去阴还阳，驱邪扶正。也算是运气好，不久，蓝家便在隔壁乡的覃家，找到了合适的对象。这对象是覃家的老二，覃桂叶。她上面有一个姐姐，下面有四个妹妹，一个哥哥弟弟都没有。可以想见，亲事很容易就谈成了。覃桂叶来到了蓝家，成为小她三岁的蓝茂的老婆。她每天抱他、哄他、喂他，和他一起睡觉。还真灵验，蓝茂的病体逐渐好了起来，四岁能说话，五岁会走路，虽然说走的能力比同龄的孩子弱，身体也不比其他正常的孩子健康，但毕竟是活着有个人样了。

蓝茂九岁的时候，上了小学。小学念完升初中。念着初中的蓝茂，变得聪明和叛逆了，他不再承认覃桂叶是自己的老婆，扬言要废掉与覃家的这门亲。他与覃桂叶也不再亲近，见面就像陌生人。他甚至都不再和覃桂叶见面，只要覃桂叶还在蓝家，他就不回家。

覃桂叶终于离开蓝家了。至于她去了哪里，蓝茂想当然认为是回覃家去了。

蓝茂初中毕业，参加了工作。他在宜山县流河公社，当干部。没两年，他因为这样那样的问题，被开除，遣回原籍。

回到农村当农民的蓝茂后悔了，他想找回覃桂叶，重新做他的老婆。他去覃家，发现覃桂叶并不在，失踪好几年了。在对覃家人跪求认错和取得原谅后，他保证去把覃桂叶找到，继续做夫妻。

覃桂叶是找到了，但是她已经有了别的男人，并且生了孩子。蓝茂不管不顾这些事实，仍然认定覃桂叶是自己老婆，要把她要回。而同样认定覃桂叶是自己老婆的韦加财岂能同意？他打了蓝茂一拳便是回答。他没有打第二拳，是因为蓝茂太弱了，不经打，一拳就被打飞到了墙脚，碰到犁铧，口鼻流血。再说，覃桂叶拦住他，不让他打。

覃桂叶愿不愿意跟蓝茂走？还是选择留下与韦加财过？她六神无主，也不能做主。

于是纠纷升级，由家事变成村事，交给了顶牛爷裁决。

现在，事件的事实、缘由和诉求已经摆开、拎出和透露，像是水落石出。当事人和旁听的人们，屏息静气，等待顶牛爷的裁决。

顶牛爷闭着眼睛，从当事人陈述和询问结束，他的眼睛就闭上了，看上去像是睡觉，其实是在冥想和思考。多数人能感觉，这是一宗难办的事情，都说清官难断家务事，就算顶牛爷再清明，裁决起来也是很困难的。如今是新社会了，覃桂叶的丈夫只能有一个，那么蓝茂和韦加财，理应是哪一个？蓝茂吗？他和覃桂叶从小就结了娃娃亲，那就是夫妻。虽然蓝茂曾经想废掉这门亲，可是没有休书，那么覃桂叶名义上就还是他的妻子。韦加财吗？他和覃桂叶实际同居生活，并且已有了孩子，水到渠成，瓜熟蒂落，能说他们不是夫妻吗？是的，蓝茂和韦加财，都有身为覃桂叶丈夫的合理性。至于说合法，他们两个都不合法，因为他们任何一个都没有与覃桂叶在民政局那里进行婚姻登记，没有红本本结婚证。那么，该怎么办？怎么判？

顶牛爷的眼睛终于睁开了，在苦思冥想很久之后，他明亮的双眼看着大家，说：这宗事情还需要调查，单独进行调查，分别问话。今天就到这里，不做判决。大家散了吧。

众人失落、意犹未尽地散开回家，像归圈的羊。

蓝茂没有地方可去，那晚他就住在小学空着的教师宿舍里。那间空着的教师宿舍，其实就是我父亲的房间。我父亲是上岭小学的教师，因为我家离学校近，就没有住校。这房间平时就用来备课和教训不遵守纪律的学生。那晚蓝茂要住这间房，我回家去为他拿来了一床棉被，还有吃的。

感受到温暖的蓝茂，在房舍里安定下来，像一只被收容的流浪猫。他看着退走的我，问：他会帮我吗？

我想他指的是顶牛爷，说：你晓得为什么叫他顶牛爷吗？

蓝茂说：是不是说，他是顶呱呱的最牛的人？

我原以为顶牛爷喜欢处处与人顶撞、斗狠，所以才叫顶牛爷，现在蓝茂却解读出另外的意思。对的。我说。

那我就放心了。蓝茂说。

第二天是星期天，学校停课，学生不上学。顶牛爷经过我家，带我去学校，说有任务交给我。

到了学校，在操场，顶牛爷对我说：今天，我要对蓝茂、韦加财和覃桂叶分别谈话，单独调查。他指指学校两边的入口，你给我看着，不要让不相关的人进来，更不许偷听。我先问蓝茂。问完蓝茂，你再去把韦加财叫来。等问完韦加财，你再去叫覃桂叶。

给我布置了任务，顶牛爷便去提问蓝茂了。

我在校内放哨和巡逻，专心致志，像一个守卫祖国领土的士兵。星期天的学校，空阔和静谧，像没有人迹的山谷。这又是白天，人们都在地里干活，这的确方便顶牛爷对婚姻纠纷的当事人单独询问和调查。顶牛爷为什么要对当事人单独询问和调查？我想一定是涉及人的私密，那么单独询问，既可以保护人的隐私，又容易得出真话和真相。在这一点上，蓝茂理解的顶牛爷没有错，他是顶呱呱的最牛的人。

顶牛爷询问蓝茂，还是在昨晚那间教室里。现在教室里就他们两个人，一对一。他们在谈什么，或问答什么，我没有过去听，因为顶牛爷说了不许偷听。我老老实实走走停停在离教室很远的地方，执行我的任务。

大约有两节课的时间，顶牛爷与蓝茂谈完了，因为蓝茂走出了教室，回房间去了。顶牛爷随后也出来了，远远地对我做了个手势。我快步走出学校。

我到韦加财家，请出韦加财。他跟我往学校走。跟在我屁股后面的他，气喘吁吁的，像一头刚跳槽的猪。我方才到他家的时候，他正在打骂覃桂叶，现在虽然停手住嘴了，但仍在气头上，或还有怒火。

我突然站住，回头说：加财哥哥，等见了顶牛爷，你不能这个样子。

韦加财愣怔，说：我不这个样子，要哪样子？

你不能发怒，我说，发怒，顶牛爷会不高兴的。他不高兴，就会错判。

韦加财一听，连忙点头，说：我晓得了。

我送韦加财进教室。他见了顶牛爷，已是心平气和、恭恭敬敬的样子。他乖乖地坐在昨晚他坐的位置上，并着腿，两手放在双腿上，像一个打算老实交代的受审的人。

我退出教室。在离开教室几十米远后，我折了回来。那教室仿佛是一个磁场，吸引着我。我蹑手蹑脚贴着墙壁爬行，像一只偷腥的猫。顶牛爷讲过不许偷听，此时我理解为不许不相关的人偷听，而我是与此事件相关的人。我是顶牛爷的使者，是参与这宗事件的人，不是外人。我蹲在教室前边的窗户下，听到顶牛爷和韦加财的谈话——

顶牛爷：覃桂叶是不是你从人贩子手里买来的？

韦加财：是。

顶牛爷：多少钱？

韦加财：八十。

八十？

人贩子开口要一百，我砍到八十。

你哪来这么多钱？

我卖血得一些，卖蛇、卖鱼得一些，卖米得一些，不够的都是借的。

你家还有米卖？

要用钱，米也要卖。

到了荒月，你全家吃什么？

东借西借呗，大不了出去讨饭，大不了继续卖血。

你买来个老婆，还生了孩子，养不起，过不好，对不起老婆孩子，不如放他们走，跟别人过。

不可以！顶牛爷，万万不可以！

你买覃桂叶的钱，我让蓝茂补偿你？

我不要钱。我要老婆孩子。老婆孩子重要。

那你为什么还打骂老婆？

那是以前，给我生完儿子后我就不打也不骂了。不过，今早我气不过，骂了一会，打了两下。顶牛爷，你千万不能把我老婆判给那个卵仔。我保证以后坚决不打骂老婆了。再说，我老婆又怀孕了，我们就要有第二个孩子了。

……

顶牛爷与韦加财的谈话，也进行了两节课。我觉得时间差不多了，便离开了窗户。等韦加财和顶牛爷走出教室，我已经站在校内的篮球架下了。

我送韦加财回家，再从他家里请出覃桂叶。

我让覃桂叶走在我的前面，这么做是为了让她按自己的节奏和速度走。她不是又怀上孩子了吗，肚子大了。如果之前没听到韦加财对顶牛爷说的话，我还以为覃桂叶肚子大是因为长胖了。这个丰满的女人此时行动摇晃和迟缓，步子和神态都很紧张、慌乱，像是一头猪在被送去屠宰的路上。

覃桂叶突然停下，然后转身，要走回去的样子。

我拦住不让走。顶牛爷还没问你话呢。我说。

覃桂叶说：我害怕。

顶牛爷不吃人。我说。

我不怕顶牛爷。

那你怕什么？

我不晓得。

我听见韦加财跟顶牛爷保证，他以后再也不打你骂你了。

我愿他打死我才好呢。

打死人是要偿命的。

你听见蓝茂跟顶牛爷讲了什么？

我没听见。

韦加财的话你听见，蓝茂的话你为什么没听见？

他和顶牛爷谈话的那会，我不在教室里，也不在教室外的窗户底下。

让开，让我走。

你不去见顶牛爷，顶牛爷问不到真话，他就会错判哦。

覃桂叶听我这么一说，想了想，又转过身去了。她仍然紧张和慌乱地走着，像是一头猪在被送去屠宰的路上。

我把覃桂叶送进教室，然后出来。我公然在教室附近站岗放哨，背对着教室。顶牛爷要是从门口往外看，就可以看到我。他没有让我再离远一些，可能以为目前的距离我什么也听不见。其实我听得见。

顶牛爷：覃桂叶，你是怎么到韦加财家的？

覃桂叶：我是被人贩子卖给他的。

人贩子是哪个？

不晓得。

是男的还是女的？

两个男的。

我看你也不笨，怎么可能落到人贩子手上？

我不晓得他们是人贩子。等晓得的时候，我跑不掉了。

你和蓝茂圆房没有？

我们小时候都是在一起的，在一个房间里。

我的意思是，你和蓝茂，有没有做过老公老婆之间做的那种事？

没有。

你又怀上孩子啦？

是。

蓝茂去上学读书后，曾想过要休掉你，你有没有恨他？

不恨。

为什么不恨？

不晓得。可能小时候就在一起，恨不起来。

那么韦加财打你骂你，你恨他不？

不恨。

为什么？

我活该。

你愿意跟蓝茂走吗？

我不晓得。

如果让你选，你是选蓝茂，还是选韦加财？

可是，我有韦加财的孩子了。

那么，你是愿意跟韦加财过咯？

可是，蓝茂他回心转意了，他其实没有休我。

……

不知不觉，又接近两节课的时间，顶牛爷与覃桂叶的谈话结束了。他们一前一后走出教室，一个像考完试的学生，另一个则像监考完毕的老师。他们的表情都不好，像学生表现差劲老师也高兴不起来一样。

至此，三位婚姻纠纷的当事人，都已经分别进行了询问和调查。时间也过了中午接近下午了，我肚子饿得咕咕叫，而顶牛爷紧接着又给我布置任务，说：你去把村长请来，把你阿爸也请来，顺便给我带点吃的。

我先去通知我父亲，并让他准备些吃的。父亲对顶牛爷的邀请，感到纳闷，嘀咕说：这种婚姻纠纷，可不像学生打闹，请我去有什么用？我说：是顶牛爷叫我来请你，你一定要去。

我接着去请村长，边吃红薯边走。村长的家在村东边的尾端，但村长本人却应该是本村的中心人物，至少名义上是。我想顶牛爷请村长去，是表示对他的尊重，或者也是想要他拍板。其实那时候村长的称谓不是村长，而是队长。上岭村也不叫上岭村，而叫上岭生产队。但人们还是喜欢把队长叫村长，把生产队叫村，这是传统的叫法，就像在学校里或课堂上，我必须规规矩矩称我父亲为老师一样。

村长姓蒙。我去到蒙村长家，他不在。我一时忘了生产队队长是要带头劳动的。于是我在田间劳动的人们中，找到了他。蒙村长听到顶牛爷请他去商讨定夺婚姻纠纷的事情，很高兴。他撂下粪桶，朝着埋头干活以及张望的人们振臂一呼：我走啦！最后还得我拍板，我去做决定啦！

我和蒙村长到学校的时候，我父亲已经在那里了。父亲坐在教室前排的一侧，温顺地看着坐在另一侧的顶牛爷吃东西，像弟弟看哥哥。事实上父亲也是把顶牛爷当哥，因为顶牛爷也姓樊，辈分都一样，都是宝字辈，只是年纪比父亲大。顶牛爷之所以把父亲请来，是不是相信这个远房的堂弟会跟他站在同一立场上？

见蒙村长进来，顶牛爷依旧在吃东西，而且由狼吞虎咽变成小口慢嚼了，像是消化食物，也像是消磨时间。蒙村长和父亲耐心地等顶牛爷吃完，只见顶牛爷抹了抹嘴，说：请你们来，是关于覃桂叶与两个丈夫纠纷的事情。在我裁决前，先和你们两位通通气。宝宗（父亲名）是老师，有文化，也懂法，我裁决不当你可以提意见。龙财（村长名）是村长，我的裁决要通过你宣布才妥当。

蒙村长说：既然要通过我，那么，我们去村部说这个事是不是更妥当些？

顶牛爷瞪了一眼蒙村长，却软和地说：那就成全你吧。

蒙村长、父亲和顶牛爷便到村部去。我跟着，像个小跟班。

村部就在学校隔壁，很小，像个小庙。只有两间屋，一间是值班室和广播室，另一间是办公室。蒙村长掏出一串钥匙，用其中一把钥匙打开办公室的门。

三位大人走进去。办公室有一张长方桌，蒙村长抢先坐在了正中的位子，面向门口。那似乎是他平常坐和理应坐的位子，椅背也比其他椅背高一截。父亲则坐在另一边，像个下级。

顶牛爷没有坐下，他站着，不时走动，像个即将部署作战或宣布指令的指挥员。他一会站在蒙村长和父亲前面，一会绕到他们的身后，酝酿事情。蒙村长和父亲的目光被活动的顶牛爷牵扯着，有时长，有时短，像松紧带一样。

我迅速跑回家，拿来了热水瓶。借着给三位大人倒水和续水的机会，我得以进入办公室，断断续续听到他们的话——

蒙村长说：覃桂叶这两个丈夫，蓝茂当丈夫在前，韦加财当丈夫在后，什么事情都有先来后到，要讲究先到先得，是吧？在前面的理应优先于后面的，前面的是老大，后面的是老二，我认为是这样。

顶牛爷说：这个不对。要根据实际的情况处理才对。如果讲究先到先得，先来就是老大，我当了十几年兵，升官发财，是不是先轮到我呀？不是这样的。在我后面当兵的人，升官比我快比我大的多得是。

见蒙村长还不认可，顶牛爷接着说：假如按照你的规矩，这个村长就轮不到你来当。应该是宝宗来当。宝宗当村文书的时候，你还是小农民呢。

蒙村长说：宝宗不是改当老师了嘛，他现在是国家干部，比我当村长强。

顶牛爷说：那宝宗，你来表态。

我父亲说：蓝茂和韦加财，不管判覃桂叶给哪一个，他和覃桂叶都要到公社民政那里，补办结婚证，让婚姻合法。

我父亲的话显然不是顶牛爷想要的，至少不是目前着急的事情。顶牛爷想要的是父亲明确的态度和立场，就是覃桂叶该判给谁，蓝茂，还是韦加财。但我父亲模棱两可，答非所问，像文不对题或牛头不对马嘴一样。顶牛爷看着他远房堂弟的眼神，黯然失落，像熄灭的灶火。他大手一挥，再往下一劈，说道：

那我拍板了，我就独裁啦！

村里的三个高音喇叭，在太阳快落山的时候响起，同声传播着蒙村长的话：

全体村民注意，韦加财，覃桂叶，蓝茂，特别注意，今天晚上，在学校集中，在学校集中，宣布重要的决定！

天黑了，学校来了很多人，比昨晚还多。我发现多出来的人，是从外村来的。看来蒙村长的广播传得好远。这么群情向往、蜂拥而至的聚集场面，只有公社放映队到村里放电影才可相比。

韦加财、覃桂叶、蓝茂、蒙村长、顶牛爷相继到来和出现。他们人一现身，群众便自觉或自动地让开一条道，放进教室，像夹道迎接放映队一样。

顶牛爷站到了台面上，看来是由他宣布裁决的结果。这让我意外，因为之前我听顶牛爷说裁决结果将由蒙村长宣布才妥当，现在为什么不这么做了呢？是蒙村长不愿意吗？我想是的。他和顶牛爷在裁决的结果上有分歧，或意见不统一，他不想宣布不是他认可的决定。

在众目睽睽中，顶牛爷做出了他的裁决：

覃桂叶，判给韦加财！两人在三天内，必须去公社民政补办结婚证。

顶牛爷一说完，立即从台面走下去，然后撒腿离开教室，扬长而去。他不等当事人和群众做何反应，就匆忙地走开，就像是躲避当事人和群众反应的反应。他是不是担心或害怕他的裁决，产生不良或坏的效果？

裁决产生的效果出奇的好，教室里的一片欢呼、欣喜景象可以证明。绝大多数的人扬眉吐气，像是看了一场好人打败了坏人或正义战胜邪恶的电影一样。他们纷纷冲出教室，似乎是想找顶牛爷，向做出公正、合理、合情裁决的他表示尊敬和拥戴。在看不到顶牛爷的人影后，他们就地热议、抒情了很久，这才从学校散去。

当事人蓝茂、覃桂叶、韦加财留在教室里。

蓝茂蹲在地上，萎缩和低迷，像一个被砍掉了主干的树根。他是这宗婚姻纠纷事件的挑起方，是裁决的输家或失败者。他似乎没想到是这样一种结果，也似乎料到了。他曾寄予厚望的顶牛爷，竟裁决他输了。他不是上岭村的人，这似乎是他输的原因。他要不回他想要回的女人了。

覃桂叶坐在一张凳子上，一动不动。她披头散发，像是在一动不动前有过过激甚至疯狂的举动。她此刻虽然一动不动，但看上去心里很难过和痛苦，因为她的脸露出的表情都是扭曲的，像是虫啮的果子。她的两只手都放在她的大肚子上。一只手张开，像母鸡的翅膀，爱护着肚子里的孩子。另一只手握成拳头，像铁匠的锤子，要把肚子里的孩子打掉。

唯一有动静和动作的是韦加财。他喜笑颜开，像捕获了猎物的猎人一样高兴。他先是好言好语哄诱覃桂叶跟他回家，见覃桂叶没反应，他这才来硬的或来狠的。只见他拉起覃桂叶的手，却被覃桂叶挣脱。于是他揪着覃桂叶的头发，像攥着牛鼻子绳一样，用力拽，硬生生地把她拽走了。

我在门外边，看到了教室外和教室里的一切。

除了蓝茂和我，学校已经没人了。我走进教室，站在仍然蹲着的蓝茂跟前，像是树根旁长出的一棵小树。我没有话对他讲，像没有水浇活一条曝晒的鱼一样。我就那么干巴巴地站着，默默地陪着他，直到父亲出现，唤我回家。

父亲在顶牛爷当众裁决的时候，没有在场。傍晚我临出门的时候，他对我说：有人问我为什么不来，就说我哮喘病犯了。父亲的确有哮喘病。但那晚他哮喘病没有犯，整天都没有。那么顶牛爷当众做裁决的时候，他为什么借口不去呢？我想不明白。

那夜父亲在与我回家的路上，对我说：

一平，有的事情现在看来合情合理，过了些年再看，可能就不合情合理了。

我听了觉得莫名其妙。

顶牛爷为他的裁决感到不安和愧疚，我觉得是在他六十三岁那年。

那年，距离顶牛爷一锤定音的裁决，已经过去十年了。

我也从九岁变成十九。

那年夏天，我放暑假回家。在家里，我与父亲聊天。聊着聊着，聊到顶牛爷，聊到蓝茂，聊到韦加财和覃桂叶。聊到韦加财和覃桂叶的时候，父亲望着屋顶，一声叹息，然后说：

这两公婆怕是过不下去了。

我不吃惊，但还是希望父亲说下去，举近期的例子说明。我在外面读大学，近期村里发生了什么，只要父亲不在信里告诉我，我是不知道的。

父亲迟疑，像是事关隐私或秘密，即使面对自己的儿子，也要缄口。

我说：与蓝茂有关系吗？

父亲愣愣看我，说：与蓝茂有没有关系，现在还不晓得。

但韦加财的大儿子不是他亲生的，是肯定了的。

我这才吃惊，或者诧异，说：怎么回事？

父亲愣怔的眼神变成纳闷，说：你不是晓得了吗？

我摇摇头表示不知情。

父亲说：刚才你问与蓝茂有关系吗，我以为你晓得了呢。

我只是猜想，推理而已。我说。

于是父亲便告诉我其实我还蒙在鼓里的事情。他的讲述经过我的转化，故事或者说事故，是这样的——

韦加财与覃桂叶的大儿子韦仲宽，十一岁，上小学四年级。今年五月的一天，也就是一个多月前的某个星期天，韦仲宽与几个同学去小学打篮球。因为篮球漏气，投篮的时候，瘪了的篮球卡在篮筐边那里。因为找不到长杆将篮球捅下来，韦仲宽便自告奋勇爬上篮球架。他从篮球架最上面吊挂下来，像一只猴子。眼看他的手已经触摸到卡着的篮球了，他勾着的篮球架上的那块木板突然崩开、折断，韦仲宽掉了下来，受了伤。

受伤的韦仲宽被大人们送去乡卫生院，在卫生院做了简单的处理后，又送往县医院。县医院医生看了韦仲宽的伤情后，判断可能需要输血。于是验血。

问题出在了验血上。

韦仲宽是 A 型血。

父亲韦加财一看大儿子是 A 型血，懵了。他虽然没有文化，但血型知识却是懂的，因为他经常卖血。大儿子是 A 型血，而他是 B 型血。老婆覃桂叶是 O 型血，这他是知道的，因为老婆也跟他卖过血。B 和 O 型血的夫妻是不可能生出 A 型血的孩子的。

显然，韦仲宽的亲生父亲，不是他韦加财。

大儿子韦仲宽虽然后来不用输血，保住了命，但来自血的疑云却像一把弯刀，在剜韦加财的心，剔他的骨头。

就在两天前，大儿子才出院回来，韦加财便找到顶牛爷，要求破解大儿子的生父之谜。顶牛爷询问了一些事情，似乎为难，便叫来蒙村长，以及我父亲。

我父亲看了韦仲宽、韦加财和覃桂叶的血型报告单，说：

如果这的确是医院出的证明的话，那么仲宽跟加财，就没有血缘关系。就是说，仲宽的亲爸，不是加财。

那是谁呢？

韦加财首先怀疑是蓝茂，被顶牛爷驳回。顶牛爷说：

蓝茂和覃桂叶都没有圆过房，怎么可能是他的孩子？十年前我就单独分开问蓝茂和覃桂叶了，两个人的回答是一样的。

他们要是串通说假话呢?

蒙村长说:孩子的亲生爸爸是哪个,恐怕只有覃桂叶最清楚了。问她就晓得了。

韦加财说:问?现在打死她她都不说!

在警告韦加财不能再打老婆也不许找蓝茂的事儿后,这件事情暂时摁了下来,没有张扬。村里目前就韦加财、覃桂叶、顶牛爷、蒙村长、我父亲知道。

听父亲讲了之后,知晓这件事情的人,便多了我。

我问父亲:蓝茂现在怎么样?

父亲沉思片刻,说:事情难测,得提醒他防一防,或许你去比较好。你是大学生了,我想你该晓得怎么做,怎么说。

我去找蓝茂。

他在学校,我想。

蓝茂在上岭小学住着,已经十年了。

裁决之后,蓝茂就没有走。他不肯走,不愿走,像一艘沉在河底的船,扎在上岭村,住在小学那间房。劝慰、驱赶,软硬兼施,对他毫无作用。他铁下心不离开上岭村,近距离生活在他要不回的女人旁边。丈夫做不成,做弟弟行吧?没缘分当老婆,把她当姐姐不行吗?他们本来从小就在一起,情同姐弟。他还是一个从干部沦落为农民的人,没脸在老家待下去。覃桂叶是不会嫌弃他的人，是他的依赖。她在上岭村，那么他就赖在上岭村了，死活都要在。

顶牛爷、蒙村长、我父亲讨论或裁决蓝茂去留的那次会，我也在。我负责倒水、续水。

我父亲说：蓝茂初中毕业，文化比我还高。我初中一年级就辍学了。我有哮喘病，发作的时候常要去卫生院留医，上不了课。那么，留他当代课老师行不行？

蒙村长说：行是行，但是要公社定才得，不然没有工资领哦。村里没有钱发。

顶牛爷说：那就算工分，用粮食顶工资！

三个大人在处理蓝茂去留的问题上，竟然达成一致的意见。未等正式宣布，我已从村部飞跑到小学，对走投无路的蓝茂说：

你要当我的老师了！

蓝茂成了我的老师，从四年级教到五年级。他的课上得比我父亲好，毕竟他比我父亲多上了两年学。又或许他知道当代课老师是我父亲的主意，所以特别用心地教我，当作报答。

蓝茂老师在学校。我望见他正站在倚着篮球架的梯子上，钉篮板。整个篮球架的篮板已焕然一新，我还能闻见油漆的味道飘来。我没有靠近他，因为我生怕惊扰他。我远远望着他在高空的身背，像一个悬崖的攀登者。

蓝茂老师终于完成工作，从梯子上下来。他回身发现了我。我这才向他走去，靠近他。他清癯的体貌，在隔了一个学期后，依然清癯，只是头上的白发更多了，像一只白头叶猴。

他冲着我笑，说：回来啦。

我说：回来啦。

他打量我，说：高了一点。

我看着换了篮板的篮球架，说：这副篮球架，我读小学之前就有，十几年了。

他低头，看着地面，说：不久前，一个学生从上面掉了下来。

我听我爸讲了。

那天我要是在学校，就不会发生这种事。

我说：不是你的责任。

受伤的学生是韦仲宽。他说。他语气凝重，像是强调这个学生的重要性或特殊性。

韦仲宽已经出院了。小孩子，好得快。

那天是星期天，我去乡里邮电所，订下半年的报纸。回到半路，遇上人们把受伤的韦仲宽往卫生院送。我跟着去。接着送韦仲宽去县医院，我就没有去。

为什么不去？

不让我去。

为什么不让去？

他爸不让，他妈也不让。

为什么？

他摇摇头，说：这些天我也一直在想，学生在学校出事，我这当班主任的是有责任的，何况出事的又是韦仲宽。我和他爸他妈的复杂关系，你是知道的。

我突然脱口而出：你是什么血型？

不知道，从来没验过。他说，然后一愣，你问我血型干什么？

我意识到失言，说：没什么，随便问问。

他不笨，觉察我在了解什么和掩饰什么，说：看在我曾经是你老师的分上，请告诉我。

我只好说：韦仲宽，可能不是韦加财亲生的，他们都验过血了。

他愕住了，像他扶住的梯子。可是……可是我和覃桂叶，是清白的呀！他说，我和她没有发生过那种事，就是男女关系，一次也没有。

那就好，我说，但是你也得小心，有心理准备。

准备什么？

我不知道。我说。我边说边去抓梯子，要扛走梯子。

他控制梯子不让我扛。你不能说不知道。他说。

我说：就是提防韦加财，可能闹事。

他忽然一笑，说：我不怕他闹。闹什么？闹我是韦仲宽的亲生父亲？谁是韦仲宽的亲生父亲，他韦加财不懂，难道覃桂叶不懂吗？我和她一次男女关系都没有，怎么可能是韦仲宽的亲生父亲？

我相信你，蓝老师。

他松开梯子，让我扛。

我从学校回家。父亲不在家，母亲说顶牛爷把他叫走了，他们去韦加财家。韦加财又打老婆了。

韦加财家在村西，比较远。我去到他家的时候，已看不到闹腾的场面。堂屋里的人都坐着，分成两拨。一拨是韦加财与他的父母，另一拨是顶牛爷、蒙村长与我父亲。我看不到覃桂叶，想必她在里屋，因为我听到了女性的呻吟。她应该被打得不轻。

我的到来没有中断正在进行的调解，只见韦加财接着说话：覃桂叶打死都不愿承认仲宽的亲爸是蓝茂，说明她和蓝茂一定有鬼，一定搞鬼。覃桂叶判给我后，蓝茂还赖着不走。十年来，他们两个肯定还偷偷摸摸，别以为我不晓得。我戴了多少年的绿帽子，当了多少年的乌龟王八，养了十一年的儿子到头来不是亲生的，我打她不应该吗？她要是老实交代，我还用三番五次打她吗？

顶牛爷说：我讲过了，我裁决以后，蓝茂和覃桂叶的关系就是普通关系，最多就是姐弟，姐弟之间有来有往，何况我没见他们有来往。你见了吗？你抓着了吗？

蒙村长说：顶牛爷讲得对，我没有补充了。

我父亲说：有话好好讲，你打老婆肯定不对。如果你还胆敢去打蓝茂，就更不对。蓝茂现在是我们学校最好的老师，他教的学生每年考上县中的都有十几个。你一打他，就造成恶劣影响，就把每年十几个能考上县中的学生打下来了，晓不晓得？

韦加财不语，像是强迫自己冷静，也像是在动脑筋。过了一会，他突然说：我可以不对蓝茂动武，但是我要求他验血！

在座的人振动、愣怔和迷惑，像即将烧开的锅。

蒙村长说：我看这可以，是个好办法。

我父亲说：我们没有权力要求蓝茂验血。除非是告到法院，向法院申请同意才行。

顶牛爷说：验个血还要通过法院？抽几滴血的事，难道不比动武伤筋断骨甚至闹出人命更好？

我忍不住插嘴：宪法规定，个人人身权益不容侵犯，受法律保护。

顶牛爷瞪着我，说：那韦加财的权益哪个保护？按他的话说，他戴了那么多年的绿帽当了那么多年的乌龟王八，哪个来替他出头？

我闭嘴，再不插嘴。

韦加财说：蓝茂不验血也得，爱验不验，管哪个是我这野仔的亲爸，反正这野仔我是不养了，等伤全好我就把他撵出去！

看着韦加财斩钉截铁、破釜沉舟的样子，顶牛爷感到无奈，他看看蒙村长，看看我父亲，说：我们去找蓝茂谈一谈？

蒙村长点头。我父亲不置可否，其实就是同意了。

顶牛爷忽然看看我，说：你都大学生了，你也去。

我们去找蓝茂，在他的房间里。蓝茂老师住了十年的房间，满了好多，添加了不少东西，最多的是报纸。十几摞报纸堆砌成山，每一摞都比人高，像顶梁柱。

顶牛爷主持的谈话，在绕了很多弯后，才回到主题，可见顶牛爷是慎重的，有所忌惮的。蒙村长又做了补充说明。我父亲说了一些安慰和鼓励的话，比如：以你自愿为原则。

蓝茂老师最后说：我愿意去验血。

蒙村长欢喜地说：我陪你去。

蒙村长陪同蓝茂老师去验血。他们去县医院，与韦仲宽住院、韦加财罩桂叶卖血，是同一地方。

蒙村长拿回了结果，在仅限于顶牛爷、我父亲和我的范围，公开。

蓝茂的血型是 B。

就是说，蓝茂与 A 型血的韦仲宽，没有亲缘关系。

所有指责和怀疑蓝茂是韦仲宽生父的说法和想法，都是构陷。

蓝茂老师没有与蒙村长一同回来，蒙村长说：看了结果，蓝茂给我扔下一句话，转身就走，就不见了。

我们当然想知道蓝茂说的是一句什么话。

蓝茂说，谢谢上岭村对我十年的收容。

父亲一听，说：这么讲，蓝茂是不会回来了。

蒙村长说：为什么？

因为我们把他伤透了，上岭村已经令他绝望。父亲说。

蒙村长又说：不就是抽几滴血，验个血，怎么就伤透了呢？绝望了呢？再说验血不是好事吗？证明蓝茂不是仲宽的亲生父亲，他是清白的呀。

父亲说：你不是读书人，不是文化人，不是教师，你不懂。

父亲对蒙村长说的话，也像是说给顶牛爷听的，因为他说的时候瞄了顶牛爷一眼。

顶牛爷一言不发，从知道验血结果后就沉默。他发呆，又有点发怵，像乱吠甚至是咬错人后的一条狗。他怅惘、乞求的目光居然投向我，就好像我可以做主一样。

我像一个侦探小说家一样推理说：十年前我偷听到顶牛爷和覃桂叶的谈话，晓得覃桂叶是被两个男的人贩子卖给韦加财的。那么，在她被卖给韦加财之前，应该是被两个人贩子中的一个，或者全部，强奸了的，然后怀孕了。韦仲宽的生父，其实是人贩子。

蒙村长、顶牛爷及我父亲听了，若有所思，也若有所悟。

蒙村长说：这么讲就对上了。覃桂叶被卖给韦加财不到九个月就生了韦仲宽，以为是早产，其实不是早产。

顶牛爷终于讲话了：当年我之所以把覃桂叶判给韦加财，是考虑到仲宽这孩子是韦加财亲生的，覃桂叶肚子里还怀着他的另一个孩子。韦加财买覃桂叶又花了不少钱，大多是跟别人借的。我当年那么判，合情合理。可当年如果我把覃桂叶判给蓝茂，难道就对了吗？

顶牛爷讲出这段话的时候，神态真诚和坦率，像一个给学生的答题打了钩后却怀疑是不是打对了的老师一样。他真诚，但显出了不自信。他坦率，但已开始自责。

从那天以后，我在村子的假期里，每遇见顶牛爷，他都是沉闷的或抑郁的，像一只变得古怪的不合群的耕牛。他极力回避所有的人和事。韦加财继续闹腾，他不去处理了。我爸钓得一条大鱼，我去请顶牛爷来我家喝酒，他也不来。

韦加财说到做到，把养了十一年的韦仲宽撵出门。他虽然没有明目张胆与韦仲宽断绝父子关系，但弃养这个非亲儿子已是显而易见。每天清早、上午、下午和夜晚，人们总能见到灰头土脸的韦仲宽，在山脚、河边以及野地流浪，像一条被主人毒打、驱赶而不敢回家的狗。他在地里挖东西吃，在路上捡东西吃，或到别人家讨东西吃。这个其实有父亲和母亲的孩子，变成了无依无靠的野孩子。

而韦仲宽的母亲覃桂叶，对这个遭孽的儿子也已是爱莫能助。她虽然被丈夫容留，但境况估计比流浪在外的儿子还惨。她终于相信她这个带来祸乱的儿子不是早产，因为她的确被两个人贩子强奸过，只是怀孕了还没觉察，就被卖给了韦加财。她对任何人都没有说过被人贩子强奸的事，对顶牛爷也没有说。这造成了后来的祸乱和事端。她曾经的小丈夫蓝茂被牵扯了进来，被气走了，至今不回。

这十年里，覃桂叶与蓝茂偷偷相见，我是遇上过几次的。

那基本都是放映队来村里放电影的时候。

放映队到村里放电影是哪一天，哪一天便是节日，对村里所有人来说便是过节。人们奔走相告、欢天喜地，早早拿着板凳，来到学校的操场，抢占最佳位置，迫不及待地等候电影的放映。而在电影放映前，蒙村长必定有个讲话，短则一节课，长则两节。他总是强调他的讲话很重要，但我觉得不重要。于是我就在蒙村长发表不重要讲话的时候溜走，去做我认为重要的事。具体或准确地说，是去偷窥蓝茂老师和覃桂叶，他们在做什么。我发现或注意蓝茂老师与覃桂叶偷偷约会，已经不止一次了。而他们每次约会的时间和地点，都是放映队来的那天，蒙村长讲话的时候，在我家附近的泉眼边。

我遇上覃桂叶与蓝茂相会的几次里，唯有两次，让我难忘。

一次，《地道战》和《地雷战》放映前，蓝茂和覃桂叶在泉眼边，月光照着他们。在覃桂叶把一包应该是吃的东西给蓝茂后，蓝茂上前抱住覃桂叶，被覃桂叶推开。我在更隐蔽处听到覃桂叶说，我一个脏人，已经不配了。蓝茂说，你沦落到今天这样子，都是被迫的。首先是我不对。我知道我错了，我要改错。我不走，留在上岭村，就是为了你。覃桂叶说，我们不可能在一起了的。蓝茂说，那能看到你也是好的。覃桂叶说，要放电影了，你先走，还是我先走？蓝茂说，你先走。于是我看见覃桂叶就先走了。蓝茂看着覃桂叶走，然后才看着覃桂叶给他的那包东西。他把那包东西打开，大口大口地吃了起来。我借着月光凝望，加上猜测，判断是一只粽子。

另一次，《卖花姑娘》放映前，还是老地方，依然是有月光的夜晚。覃桂叶居然主动扑在蓝茂的胸膛上，然后嘤嘤哭泣。我听见蓝茂说，韦加财又打你了？我没听见覃桂叶回答。蓝茂又说，离开韦加财，我们跑吧。我还是没有听见覃桂叶回答。蓝茂说，顶牛爷这个老混蛋，太不公道了！我真想杀了他。我这回听见覃桂叶回答了，她说，这都是命，我们认命吧。蓝茂说，不，我一定要和你在一起，我们一定要在一起。现在不能，我就等到以后。多久我都要等。我要比韦加财长寿，等到他死。你一定要活着，要比韦加财活得长久，那样我们就可以在一起了。只见覃桂叶把头从蓝茂胸膛上抬起来，看了一会蓝茂。然后，她蹲下去，用泉水洗了把脸。等他俩先后走了，我去到那泉眼边，月色溶溶，我看着晶莹的泉水，看到了月亮。

十年了，我家附近的泉眼依然涌流不息，我也还能在泉水中看到月亮。但是，我是不太可能看到蓝茂和覃桂叶在一起的身影了。

那天，我在泉眼那里洗眼镜，也洗眼睛。我感觉有人站在我身后，戴起眼镜回身一看，是覃桂叶。

她的脸是淤青的，身上没有被布衣遮掩的部分，也露出伤痕。她仿佛是来泉眼这里洗她的伤口，但我感觉她是来找我的。

她果然直截了当地说：一平，你这次回来，见过蓝茂了。

我说：是的。

他不在村里了。

或许，他还会回来。

你们，都对他做了些什么？

我慌乱，说：我没有。

我的儿子被韦加财撵出家门，蓝茂被逼着不回上岭村了，这下，我可以死心了。顶牛爷踏实了。

我愣怔，说：顶牛爷也不想这样的，他希望大家都过得好。

她冷笑，说：你看我这个样子，过得好吗？

我看着她，想起数年前我在这里听到的话，说：等到以后。多久都要等。你一定要活着，要比韦加财活得长久。

她一震，像被电击一样。蓝茂对她说过的话，被我摘要后从我嘴里复述出来，让她吃惊。我以为她会愤怒。没想到，她说：

我会的。

我又在村里待了十多天，暑假快结束了，蓝茂还没有回来。

我开学回学校那天，在码头，竟然遇上顶牛爷。他在码头等我，对我说：一平，人作孽，会遭天谴，可为什么遭罪的却是那些善良的人呢？

我说：我不晓得。至少，现在我还不晓得。

顶牛爷说：我希望我遭天谴，可我却活得好好的，真是活受罪。

我说：顶牛爷，再见。

我上船渡河。在河中央，我回望，看见顶牛爷还站在码头上，他壮实、正直、执拗，像一棵常青树。

十六年过去，顶牛爷七十九岁我三十五岁那年，那宗七十年代发生的婚姻纠纷事件，将要重新裁决。

仲裁者依然是顶牛爷。

顶牛爷病了。

我得知顶牛爷病了的消息，他已经病得很重。我父亲在信中告诉我，春天的时候，顶牛爷就开始病了。咳嗽发烧，原以为是感冒，不吃药，最多一个月自然就会好了。一个月过去了，顶牛爷没有好，而且病情加重。亲戚们打算送顶牛爷去医院，被他拒绝。原以为他拒绝的原因是怕花钱，亲戚们把钱凑了，村委会还答应立即为他补办医保，他还是拒绝。他明摆着就是想死和等死，而且预定了棺材。他的轻生和厌世或许与当年两夫争妻的事件有关，他认为他当年的裁决错了。

我回上岭，已是秋天。

一进村，我当即去看顶牛爷。在顶牛爷住房的附近，我看见几个人，正抬着一副崭新的棺材，进住房去。我心里一凉，以为来晚了。

原来只是给他预定的棺材，做好了送来。顶牛爷还活着，我进房的时候，只见他被人搀扶，在检查或观赏他的棺材。他似乎对他的棺材很满意，努力地笑了笑，然后坐在棺材上。

他看见了我，想必还认得我，眼睛变亮，叫着我的名字：一平。

我愉快地答应：顶牛爷。

坐在棺材上的顶牛爷风趣地说：我马上要去见阎王爷了，可不敢跟他顶牛哦。

在场的人表态，只要顶牛爷肯吃药、吃饭，一定长命百岁。

顶牛爷说：我要再当一回裁判，做完才去见阎王爷，不然我死不瞑目。

我稍微一愣，在场的知情人或好事者对我小声说：顶牛爷要求对当年两夫争妻的事情，重新裁决。他老年痴呆了，没人理会他这事，当他是小孩子闹着玩。

我边听边看顶牛爷，与他的目光相撞。只见他的脖子变粗、变硬，来气地说：回去讲给你爸听，让你爸转讲给蒙龙财听，我当不成裁判，我变成鬼也不放过他们。

我忙不迭回家，对我父亲讲。我时年七十一岁的父亲，果然又把话转给同龄的已退休的蒙龙财。本来以为儿戏的他们，终于当真了。他们商量筹划让顶牛爷重新裁决的事宜，并要我参与。

我去见蓝茂。他应该在学校，也或许在韦加财家里。

我暑假里等不回蓝茂的那年，在小学开学那天，蓝茂回来了。他出现在村子里，活动在学校里。顶牛爷、蒙村长以及我父亲让他去验血做亲子鉴别的行为，刺伤了他的自尊心和名誉，他的确是决定不回上岭村了。我后来知道，他去了原籍宜山县三岔乡永和村。他在永和村住不惯，便重新来到都安县的上岭村。说到底，他是舍不得上岭小学的学生们，也舍不得覃桂叶。

生父是人贩子的韦仲宽，新学期没有来学校报到。他仍然流浪在外，而且越走越远，在村里已经看不到他了。班主任蓝茂东奔西跑，用了几天时间，终于在马山县金钗乡找到韦仲宽，将已成乞丐的韦仲宽带回来，继续做他的学生。

他还与韦仲宽吃和住，像父与子一样，尽管他已确定不是韦仲宽的亲生父亲。

但韦仲宽以为是。他不知道验血的结果，村里大多数人也不知道。他们以韦加财的谩骂和毒打为依据，以蓝茂迫切上心的寻找与抚养为佐证，认定蓝茂就是韦仲宽的亲生父亲。

也许是天可怜见或时来运转，过了一年，蓝茂当年被开除的事获得昭雪平反，落实政策回到了干部队伍当中。他要求继续在上岭小学当老师，只是把代课两字去掉了。他的报酬也由粮食变成了钞票。办各种证的时候，他趁机把韦仲宽加进去了。

韦仲宽变成蓝仲宽，正式成为蓝茂的继子，实际就是儿子。

蓝茂为人父的第十年，也就是五年前，韦加财脑出血，瘫痪在床。照顾韦加财的责任，自然落到覃桂叶的身上。他们是实际生活的夫妻，法律意义上却不是。因为他们至今都没有去政府民政登记结婚。在这一点上，他们并没有服从顶牛爷的裁决。顶牛爷判决覃桂叶和韦加财夫妻关系成立的时候，责成他们三日内必须进行婚姻登记。从裁决之日算起到现在，已经二十六年，他们仍然是不合法的夫妻，或野夫妻。据韦加财健康的时候说，他们没有去办结婚证，是覃桂叶坚决不去，他也不能强迫。如今韦加财已瘫痪，他难道还能强迫不成？

村里人无人不知，自从韦加财瘫痪，蓝茂便开始在韦加财家出入。他从当初的偷偷摸摸或战战兢兢，变成后来的从从容容或大大方方，像进入敌营从摸索、小心到假扮、逼真的侦察员或特工一样。他帮助覃桂叶照顾韦加财，从劳力和财力，方方面面，用心良苦。

我决定冒一次险，或赌一把，直接上韦加财家去。

蓝茂果然在那里。他正在为瘫痪在床的韦加财翻身，将韦加财半抱，让另一端的覃桂叶为韦加财擦拭身子，然后脱掉脏衣服，换上干净衣服。做完这一切，蓝茂和覃桂叶才发现我，才有空理我。

那年蓝茂接近五十岁了，而覃桂叶则超过了五十岁。但看上去，蓝茂比他苦等了二十多年的女人更老。他甚至背已经驼了，刚才抱韦加财的时候，他耸起的背影，像一匹骆驼，或一座山。而正是这低矮的驼峰或山峦，成为病瘫男人韦加财的支撑，成为不幸女人覃桂叶的依靠。

我大声对跟前的蓝茂和覃桂叶说：你们等待的好日子，就快来了。

我为什么大声说？是想让蓝茂和覃桂叶身后的韦加财听见，但愿他听得见。

蓝茂和覃桂叶听着我的话，情不自禁地对望。他们忘我地相互看着对方，难得的喜悦浮现在各自的脸上，像两棵枯木都长出新芽。

然后他们不由自主地看着身后的男人——那个拖累，几乎拖垮他们的男人，他也在朝他们看，一直眨眼。

上岭小学那间我当年读三年级的教室，仿佛重现了二十六年前的一幕或情景——

同样是夜晚，灯光耀眼。同样是上岭村及部分外村的村民，将教室内挤满后排到了教室外。

同样有蒙龙财，同样有我。

同样没有我的父亲，他当晚哮喘病的确犯了。

同样有当事人蓝茂、韦加财和覃桂叶。覃桂叶坐在前排中间，蓝茂和韦加财在她两边，像两丛荆棘护着一簇花。韦加财是轮椅推来的，他坐在轮椅上。

顶牛爷是被抬来的，他坐在一张椅子上，被四个人扛着，像坐在轿子上，高高在上，沐风而来。

他坐在讲台正中，衣帽新鲜，像是一个把寿衣穿上了的寿公。他面向大众，像掌权者面向平民百姓。他神采奕奕，像是回光返照。

他居然声如洪钟，说：

蓝茂，韦加财，覃桂叶，婚姻纠纷的事情，我现在重新裁决，判蓝茂和覃桂叶，是夫妻。两人三天内，要到政府民政，办结婚证！

顶牛爷裁决完毕，欢呼、欣喜的景象和场面出现在教室内外，与当初裁决后的效果几乎一致。唯一的区别是，覃桂叶的丈夫，由韦加财改换成了蓝茂。

如果说还有区别，就是当事人蓝茂、韦加财、覃桂叶都老了。他们从年轻开始纷争、纠缠和等待，到知天命的年纪，方结善果也有善报。

他们原名韦仲宽现名蓝仲宽的儿子，已经长大。他两次都在现场，亲自聆听了顶牛爷不同的裁决。顶牛爷的裁决，决定和改变了他的命运。如果没有后来的阴差阳错或鬼使神差，没有养父韦加财的遗弃和另一个养父蓝茂的教养，他可能走向邪恶的命运，像他的人贩子生父一样，而不是如今在读的复旦大学哲学博士。

顶牛爷的裁决也改变了自己的寿命。他以为、人们也以为他将死的那年，在裁决后的冬天，他的身体竟然痊愈了。

他一直活到现在，今年一百岁了，稳稳当当，像一头神牛。

第五章

算　数

至大年三十，覃小英欠顶牛爷的人情费、伙食费、住宿费等，一共是七十一元五角。

这个数目是覃小英自己结算的。她有个小本本，凡是顶牛爷为她做过的事情和供给，她都要折算成人民币记下来，久不久跟顶牛爷报告一次，像她来例假那般固定、规律。

顶牛爷每次听了报告，总是笑呵呵的，像是乐于接受这样的结算或报答方式。他和颜悦色地顾看、琢磨覃小英，越来越认清和认定她商人世家的出身。她是生意或买卖人家的孩子，她的精明和算计证明了这一点。

但顶牛爷六个月前遇到覃小英时，她还是个叫花子。她又瘦又脏，像个断了根还带着粪的丝瓜。炎热的夏天，她穿着棉袄，像个疯子。

她是从北方逃难到南方，在桂中马山县境内，被顶牛爷遇到的。

顶牛爷寻找牺牲战友的亲人无果，在回家的路上。他灰头土脸、汗流浃背在山间林莽行走，像一头被打败了的公猴。

远远地，他看到一棵老树，是棵古榕，像把巨伞。他要去树下歇息。到了树下，他一屁股坐在树根上。树根又粗又长，像条千年的蟒蛇，可以想见，那树干就更大更高了。光看那树荫，便有两亩大。

顶牛爷在树荫中乘凉。他先是闻到一股味，那味道新奇，香中有臭，或臭中带香，仿佛是生病中或哺乳期女人的味道。然后他听到了呻吟声，那声音软弱、可怜地传来，与味道来自一个方向或同一条道，就在树的另一面。

顶牛爷起身走过去，看见了倚靠在树背面的女人。她蓬头垢面，瘦不拉几，上身穿花棉袄，下身穿长裙子。露出的两截小腿，全是红疱和划痕。一双破鞋套脚，像是一堆烂泥糊在砖上。

女人看见顶牛爷，有些意外，却不慌不乱，像是见多了世面。她努力地坐直了或坐正了，彬彬有礼地说：你好。

当过兵南征北战的顶牛爷听得懂汉话，从口音知道她不是本地人，他也用汉话跟她说：你饿了吧？

女人点点头表示饿了。

顶牛爷转身回去，从树那面拿来一个口袋。他从口袋里掏出一个玉米馍，递给女人。

女人张口说：我身上没钱。

顶牛爷诧异，像是奇怪女人的回应牛头不对马嘴。他说：饿了就拿去吃，讲什么钱。

女人拿过馍，大口啃吃起来。仿佛觉得不斯文，后面的几口，她改为了慢吞细嚼。

顶牛爷接着递上水。水装在一个被摔得凹凸不平的铁皮水壶里。女人举壶朝口里倒水，不让壶嘴碰唇，看上去是一个有洁癖的人。

顶牛爷说：你怎么搞成这个样子？

女人迟疑，像是在考虑要不要如实回答。她看顶牛爷是助人的样子，说：我家遭难，从北京逃来，投奔我在南宁的大舅。到了南宁，我才知道大舅已经坐牢。于是我想去香港，我还有个舅舅在香港，是二舅。我计划偷渡去，结果钱被骗了，身上的金银首饰又被偷了。我举目无亲，走投无路，就成了现在这个样子。

你叫什么？

覃小英。

覃小英，你愿不愿意跟我走，去我家？

……

我家在村里，上岭村，离这里就小半天的路。那里山高皇帝远，好避难。

我身无分文。

我们村那里，吃的都是自己种，自己养。喝的是自己酿，天然水。烧的是山上的柴火。没钱也能活。

可是我与你非亲非故。

我会跟村里人讲，你是我从外面讨回的老婆。

覃小英吓了一跳，像是觉察了眼前男人的可怕。她起身撒腿就跑，像被老鹰盯上的兔子。

顶牛爷冲着她跑动的身影喊：你这个丑老太婆，你以为我愿意讲你是我老婆呀，我是可怜你！你丑八怪的样子，身上臭烘烘的，我才看不上你咧！

顶牛爷继续走路回家，很少回头。

临近上岭村，他忽然发现覃小英尾随在他身后不远，像只跑丢了又出现的母鸡。他在村口等她。等她走到跟前，他指着村边的河流，说：你起码得把身上的虱子和臭味洗掉，我顶牛爷可是个要脸的男人！

覃小英在河里洗半天，她一上岸，把顶牛爷惊呆了。

她哪是老太婆丑八怪，分明是美姑娘。她脸皮白嫩，眼睛明亮，耳朵招风，头发乌黑柔顺。她身上的味道只剩下香。就是牙齿黄点，应该是中午吃的玉米馍，舍不得漱口。她的身材虽然瘦弱，但胸脯凸起，肉不少。屁股微微翘起，像鹅屁股。她简直就是一只天鹅呀，降临到山间河边。

覃小英见顶牛爷看她入迷，咳了一声，说：你可以跟别人讲我是你老婆，但我不能真做你老婆。

你多大？顶牛爷说。

你多大？覃小英说。

顶牛爷说：我五十五。

覃小英说：你比我大三十多岁。

顶牛爷说：真做我老婆确实是太小了，我又不是地主老财。现在也没有地主老财了，都斗死斗蔫了。

覃小英说：我到你们村你家里，是避难，暂时的。等风头过了或形势好了，我就走。

随便你。

你收留我的费用，你记着。我以后加倍偿还你。

我不记。

我记。

我不做买卖。

我是个买卖人。我家祖祖辈辈是做买卖的。

我不做买卖。

中午你给我的那个馍，该算多少钱？

我不晓得。

北京一个肉包子卖五分钱，我就按肉包子算吧，五分钱。

顶牛爷听了，喉咙"哦"了一声，像觉得恶心。他扭头拔腿往村里走。

覃小英紧跟着他，像牛后面的拖车或犁铧。

进入村子已是夜晚，没有人发现离村半年的顶牛爷回来了，更没有人想到顶牛爷的这次回来，还捡回一个年轻又好看的女人。

明晃晃的太阳下，顶牛爷带着覃小英在村里亮相，宣示他有了老婆。他和老婆挨家挨户地打招呼，像黄鼠狼给鸡拜年，别有用心。各家各户明白顶牛爷的来意，有鸡的送鸡，没鸡的送一把米，或一勺盐油。村里人都懂得这些食物，对揭不开锅的顶牛爷来讲，是雪中送炭。

顶牛爷杀了一只公鸡，炖给覃小英吃。母鸡留着下蛋，蛋再生鸡。覃小英吃着鸡肉，喝着鸡汤，说：

村里人为什么都送你食物？

顶牛爷说：因为我有老婆，成家了呀。这是送礼。

覃小英强调：说好的呀，我不做你真老婆。

村里人不信。

你守信就可以。

屋里一张床，你独个睡，睡到你离开。

床位费，一天算两角钱。

又来了。

这只鸡算一块钱。

那你吃，吃完去。

我吃不完，你也吃。

吃不完，留下一顿，再吃。

再吃，我就像以前一样胖了。

你现在还瘦。要好好养。

总之我记得你养我的付出，我会偿还你的。

你家为什么遭难？

不知道，好端端就被打成现行反革命、资本家了。

你家如果在上岭村，就不会那么惨了。

你为什么出走，不在村里？看屋里的灰尘，你离开这里有半年了。

我出去找一个死去战友的亲人。

找到没？

没有。

看不出你当过兵。

国民党兵。

打过仗没？

不打仗我战友就不会死。他是被日本鬼子打死的。

你活着，真是幸运。

我命大。

你要活一百岁，超过一百岁。

我从来没有想活过一百岁。

至少你要活到我能偿还或报答你的那一天。

……

覃小英一边吃肉喝汤一边与顶牛爷说话。顶牛爷一边看覃小英吃肉喝汤一边应答。不知不觉，覃小英把一只鸡吃完了，汤也不剩。她的嘴唇流油，发白的脸有红光，像浇粪后渐渐复苏的一棵蔫菜。然后，她跟顶牛爷要了一张卷烟的纸和一支铅笔，说：我开始记账了。

她接着在纸上写道：

　　1975 年 7 月 16 日，玉米馍 5 分，床 2 角。17 日，鸡 1 元，中晚饭 4 角，床 2 角。（1.85 元）

写完，她将纸张递给顶牛爷，请他过目和核实。顶牛爷看都不看，说：你爱哪样做哪样，我不管。

覃小英这时还不知道，顶牛爷不识字。

转眼，到了大年三十，覃小英被顶牛爷收留，已有半年。她把顶牛爷对她的付出都折算成人民币，一一记在本子里，包括那张卷烟纸上的数据，也已经移了过来，一共是七十一元五角。在本子里，除了常见的伙食费、住宿费，还不时添加其他项目，比如香皂、牙刷、牙膏、煤油照明等。各项费用写得清清楚楚又密密麻麻，像蚁窝里的蚂蚁。

她向顶牛爷报告半年的结算。

顶牛爷听了，又是笑呵呵的，像当年看待农民主动交租的地主。想当年，地主从来没有对顶牛爷家的人有过笑脸，因为他家从来没有主动交租，或从来没有交足够的租。眼前的覃小英真是好笑呀，这个相当于地主的有钱人的女儿，现在反过来欠农民的，这在过去想都不敢想。真是越想越觉得好笑。

顶牛爷看着覃小英明亮的眼睛，说：你把眼睛闭上。

覃小英把眼睛闭上。过了一会，她听到顶牛爷说：把眼睛睁开。

她睁开眼睛，看见顶牛爷捧着一套新衣裳，递给她。

她接过衣裳，看着衣裳。衣裳有里有外，层层叠叠，花红柳绿，像最美丽的鸟的羽毛。看着看着，她禁不住眼泪汪汪，有不少泪滴在衣裳上。

顶牛爷说：今天是除夕，明天就是新年了，给你做一套衣裳，添喜添福。

覃小英说：你为什么不给自己添喜添福？

我一个男人，穿多穿少是新是旧不打紧。你姑娘家就不一样。往年我的布票都浪费掉了。

你新年没有新衣裳，我也不要我这套新衣裳。

你爱要不要，反正我给你做了。我本来是送你的，大不了不算送呗。

覃小英忽然意识到什么，说：这套衣裳花了多少钱？我要记上。

顶牛爷说：一毛钱，你要记就记一毛钱。

何止一毛？你以为我不懂呀？起码十元以上，算十元。

好吧，随便你。

布票呢？

布票不是钱。布票还是国家发的。

覃小英喜上眉梢，说：我现在就去换衣服。

顶牛爷说：明天才是新年。

覃小英说：不，我今天就穿，现在就穿。

待覃小英洗澡更衣和装扮出来，顶牛爷已经准备好了年夜饭。他正摆上两副碗筷，看见焕然一新的覃小英，顿时触目惊心，像看见了仙女。

覃小英看着只有一个酒杯的桌面，说：再来一个杯子，我要喝酒。

顶牛爷说：你一个姑娘家，喝什么酒。

覃小英说：我今天高兴，我要喝。

顶牛爷说：你高兴，多吃肉。

覃小英见顶牛爷坐着不动，便自己去拿来了酒杯。她给拳头大的杯子倒满酒，双手端起，敬向顶牛爷。

顶牛爷和覃小英喝酒，一杯对一杯，一杯又一杯。两人互相给对方斟酒、夹菜，你来我往，乐在其中，像融洽的两口子。

迷醉中，你看我，我看你，当真把对方看成是自己的伴侣了。他们先是手牵连在一起，还是覃小英主动的。她骚动的手勾引顶牛爷的手，像钓鱼。野气勃勃的顶牛爷怎么会不上钩。他上钩了，然后在覃小英的带动下，越挪越近，最后抱在一起。

顶牛爷抱起覃小英，往里屋走。他把她放在床上，解脱她的衣裳。他把她刚换上不久的新衣裳一件一件地解开，其实是撕开，像把包裹粽子的箬叶一层层地剥离一样。他急迫而忙乱，像饿得发昏的野狗，简单粗暴地处理到手的肉或猎物。

如果不是覃小英突然说出一句话，顶牛爷就不会冷静下来，就会继续野蛮下去，将其实你情我愿的行为进行到底。

覃小英说：你弄疼我了。

这句话让顶牛爷突然清醒或警醒，像暴乱中有人朝天放了一枪制止冲突一样。他意识他不能占有覃小英，不能碰她的肉体。他一旦占有了她的肉体，就是对她的伤害。他现在只是弄疼她，她喊疼了。那么到此为止，紧急刹车，否则会导致后悔终生的祸乱。

顶牛爷住手，停止了抚弄覃小英的一切行为。他退到一边，像一头听到指令后不再进攻的公牛。他在床边站直了，保持着好强的姿态，对有些茫然的覃小英说：

覃小英，你记着，我没有真做你老公，你也没有真做我老婆。这次差点真做成了，幸亏没做成。那么我没有真刀真枪真干，我是忍着的，是付出代价做出牺牲的。在村人们看来，我是你老公，你就是我老婆。可实际上暗地里，我没有做老公对老婆该做的事，你也没有尽老婆对老公该尽的义务，这次不算，一次也没有，这次克制住了，以后也没有。那么我觉得，我们这些没有的事，你也要记在本本上，免得将来风头过了形势好了，你走了，另外嫁人了，我们之间的事情说不清楚。我是地道的农民无所谓，最主要是你，你是名门望族的金枝玉叶，还要有头有脸清清白白地做人做事。请记下我们这些别人以为我们会做实际上我们没有做的事，别忘了。

顶牛爷劈头盖脸的一席话，令覃小英愣了半天才缓过神来。她乖乖地看着让她开始佩服并在往后的岁月里无比佩服的男人，小心翼翼地说：

那怎么算，怎么记呀？

这是你的事。

顶牛爷说完就走了。他回到外间的桌旁，继续喝酒。

覃小英在里屋的床上，望着蚊帐，眼珠子不停地闪动，像是在盘算着什么难办的事情。过了很久，她才坐起来，从枕头下摸出本本，再拿来笔。

她在本子里写道：

1976年1月31日：①衣服一套10元；②除夕酒菜5元；③宿1元；④他和我同居第199天，0次。

　　一晃五年过去。

　　覃小英与顶牛爷生活的点点滴滴，记了五本。本子里的数额越来越多，记录的项目越来越多。顶牛爷对覃小英的种种付出，都换算成了钱。比如顶牛爷教覃小英学会了壮话，她在本子里写成：壮语学费8元。比如顶牛爷背着发高烧的覃小英，去到离上岭村五公里远的公社卫生院，她写成：车马费10元；顶牛爷照顾她三天，她写成：误工费6元。又比如覃小英在家看家的时候，麻痹大意，被天上老鹰叼走了顶牛爷的一只鸡，她写成：损失费3元……各项费用的价钱，全部由她随心而定或根据当地物价适时而定。

　　唯一不变的数据是"他和我同居第×××天"那一条，后面永远是"0次"。

　　第五个本子快记满的时候，覃小英在上岭村顶牛爷家避难或苦难的日子，熬到尽头，或者说，她的好日子来了。

　　覃小英的家和家族，原来被扣上的罪名，获得了平反。她在北京的父母虽然死了，但是已沉冤昭雪。她在南宁的舅舅也已经出狱，并官复原职。她在香港的二舅，在得知覃小英的下落后，来信说，要在南宁开个金店，由覃小英去当店长。

覃小英要离开上岭村了，要和顶牛爷分别了。

分别的前一天晚上，在覃小英居留了五年的那座破漏的房子里，覃小英和顶牛爷都不睡觉。这两个都老了五岁的女人和男人，心情难受又兴味盎然，仿佛有很多事没做有很多话要说，仿佛分别后再也不见，永远想念。这是夏天的夜晚。覃小英五年前遇见顶牛爷的时候正是夏天，来到上岭村顶牛爷这里也是夜晚。她将离开的这个夏天的夜晚，太巧合了，仿佛天定。房子外的蝉虫歇斯底里地鸣唱，像歌唱悲欢离合的歌谣。房子里的蚊子赴汤蹈火地飞舞，像顶牛爷义无反顾地与覃小英在一起，又至公无我地让她离开。

顶牛爷拿着现场唯一一把扇子，为覃小英驱赶蚊子，也为她纳凉。他扇着扇着，扇子被覃小英夺走。覃小英紧握着扇子，朝着顶牛爷身边，拼命地扇。人工制造的风在房屋里呼呼地吹，被风吹的顶牛爷越吹越气盛，像一团火。

顶牛爷说：将来你嫁人，一定不能找像我这样的穷人和老人当老公，不然我白放过你了。

覃小英说：你将来一定要找个女人，真正地做老婆。

我找和不找，不关你的事。

你是我哥，我永远把你当哥。

村里人，瞎子才信你把我当哥，我把你当妹。

可是晚上，村里人全是瞎子，除了我们两个。

你保证要过得比我好。

我欠你的恩情，欠你的债，我一定会报答你，偿还你。

你欠我多少钱，报来。

覃小英去拿来了五个本子，翻开其中一本，念道：九千九百九十九万……亿！

没有那么多，怎么可能有那么多！

就有那么多，就是那么多。你对我的恩情，你做我的假老公，留着我的清白身和女儿身，我都算在内，然后乘以百倍千倍地报答你，偿还你。

顶牛爷向覃小英伸手，说：把本本给我。

干什么？

我看看。

你又不识字，不识数。

我收藏，以后拿着这些本子，去找你要钱。

当真？

骗你干什么。你看我这么穷，房子这么破，等你发财了，我就去找你要钱，回来把房子推了，重新建。

你说话可算数？

算数。

覃小英把本子全部交给了顶牛爷。五个白本子在顶牛爷手里，被他掌握，像五只白色鸟，被关进了笼子里。

天明了，覃小英离开村庄，只把微笑留给全村的人怀念。

顶牛爷送走覃小英，回到房子里，把本子拿到房子外，点火烧了。

燃烧的纸片随风飘向空中，像笼中鸟喜得放飞。

第六章

黑　鳝

黑鳝卧在洞里，盘着身子，像一口缸。

它睁着双眼，看着洞外，期待顶牛爷的到来。外面安静，水很清，这是接近春天的河水。顶牛爷要是来，它老远就能感觉到和看到。

顶牛爷很久不来了。他一定是病了。他该不会是走了吧？他八十岁了，说不定说走就走了呢。不过他是好人，并且积有阴德，应该不会死的。他就是病了。

顶牛爷的阴德，就是放生了黑鳝。

它曾经被顶牛爷捕捉。那是二十年前，顶牛爷老当益壮，它也是血气方刚。如果与人比，它的年纪相当于人的四十岁。相当于人四十岁的鱼与六十岁的人相遇、搏斗，那一定是十分激烈和惨烈的。

二十年前的情景，依然历历在目。

就是在这个洞口，夏天的一个傍晚，一个男人潜水到了这里。他戴着头盔面罩，拿着带线轮的打鱼枪。他臂大腿长，脚穿鸭蹼，胸肌突出结实，看上去十分硬朗。他就是顶牛爷。

它感觉到来者不善，提高了警惕。它让洞里的孩子全部退后，而它则在前。它硕长的身躯挡在洞口，像一道围墙。

它突然感到刺眼，顶牛爷打开的电筒发现了洞，并照射到它。它不敢动，不能动，定在那里，还是像一道围墙，只不过岌岌可危了。

一枚箭镞飞射过来，击中了它。它很快发现，是击中了尾巴。箭镞完全射进了肉里，只看见带着的线。箭镞带的线，透明和粗大，一端连着它，另一端在打鱼枪那里，被顶牛爷把握。

它不得不动了。因为疼痛和顶牛爷的拉扯，它挣扎和抗拒，最终被迫从洞里出来，继续挣扎和反抗。

水域辽阔，它有了巨大的斗争空间，游动也自由了许多。它与顶牛爷拉拉扯扯，像是在拔河。它一会处于下风，一会占了上风。在水下，它的游弋能力明显比人的要强很多，就像空中的鸟的翱翔比人造飞机的要轻便一样。但它的尾巴被箭镞勾住，怎么也甩不掉。它没法脱逃。它拖着顶牛爷，顶牛爷也拖着它。拖的时间越长，显然对它有利。顶牛爷也意识到时间不站在他这边，加速和加劲拖拉。但是在水下他使不上劲也难加速。他松开线轮，放出长线，想先浮出水面，再和它周旋，把它捕捉。它似乎料到了他的意图，没有扯着线跑，而是冲上前，在他身边绕圈圈。水浪翻滚，线圈飞舞，像是在泼墨作一幅画。

顶牛爷意识到自己被线缠住，已经晚了。粗大的线束缚了他的手脚，而且越来越紧。他几乎不能动弹了，也憋不住气了。他要呼吸。一呼吸，水把鼻孔堵住。他感到极度的窒息。

它缠住顶牛爷后，拖着他下沉。他在上方，它在下面，像人放风筝的倒影。但这可不是闹着玩，而是致命的游戏，或者是你死我活的搏斗。再沉下去，顶牛爷真的要丧命了。他看着不屈不挠的它，向它求饶。

它仿佛看到他的绝望和哀求，向他游去。缠住他身体的线圈松散了。他浮出水面，吐出水，有了呼吸。水上的船刚好就在身边，他上了船。打鱼枪仍然挂在他身上。他清理或摆脱掉身上的线圈后，重新操作起打鱼枪。

它最终被捕捉了，准确地说，是被活捉。它流了一些血，也累了，或许不想继续与人缠斗，或许想即使胜了也跑不了，因为箭镞在它身上，终端或把柄在人那里。放人一条生路，兴许自己还有活路。

它作为猎物，被他扛回家，丢进屋檐下盛雨水的一口大缸里。它一进去，雨水就从缸里汩汩地溢出，因为它体积庞大，那年都有二十斤重，在大缸里得盘曲着，如伸展开来有半丈长。

这其实不是顶牛爷的住处，他住在另外一个地方。但说是家是对的，因为他母亲住在这里，与他弟弟一起。他为什么把它拿到这里来，一定是与他母亲有关。

他八十六岁的母亲病了。她躺在床上，面黄肌瘦。

它在水缸里听到顶牛爷和他弟弟的谈话。两兄弟站在水缸边，兴奋和庆幸。

弟：哥，这条黑鳝够大。我第一次见你打得这么大的鱼。

哥：我差点就被它拖死了。

弟：我待会杀了它，煮给妈吃。

哥：我一天没有见妈了。她的病好些了吗？

弟：黑鳝大补，吃了黑鳝，很快就会好的。

哥：你动手吧。

屋里的母亲听到兄弟俩的谈话，狠狠地咳嗽和叫唤。

兄弟俩来到母亲床边。弟弟把母亲扶起，哥哥喂母亲喝水。

母亲问大儿子：我听见你讲，黑鳝差点把你拖死了？

大儿子：它太大太猛了，我拼不过它。

母亲：那你怎么活回来的？

大儿子：我觉得是它放了我一马。我向它求饶了。

母亲：这条黑鳝我不吃。

二儿子：黑鳝大补，吃了，你病就好了。

母亲：它救了你哥哥的命。

二儿子：是哥那么想而已，别信。

母亲：明天把它放了。

大儿子：它现在受着伤，还不能放。等它伤好了，再放。

母子间的谈话，水缸里的它隐约听见了。它的头探出水面，一面倾听一面朝上望。它的眼睛望见屋檐，还望见了天上的月亮。

顶牛爷来到缸边，放进小鱼小虾，喂它。

他又来，继续喂它小鱼小虾。他还翻看它的伤口，发现快好了。

他来，发现它不在水缸里。

他一问，知道是弟弟将它拿到街上去卖了。

他飞奔着来到街上，找到弟弟。弟弟正在数钱，它正要被买家带走。他夺过弟弟的钱，还给买家。然后，他不由分说要回它。弟弟和他争吵了几句，他懒得再吵，打了弟弟一拳，趁弟弟趔趄，带着它扬长而去。

他把它带到捕捉它的地方，把它放了。

它浮在水面，不肯走。湿润的眼睛望着他，像那晚它望着屋檐和月亮。

他挥挥手，说：走呀，别让我再看见你。

它听不明白他的话是什么意思，摇了摇头。

他又说：我妈要是病不好，我跟你没完。

它像是听懂了，摆了摆尾，下潜了。

过了些天，它就看见了他。他潜水到它的窝，不带打鱼枪。它从洞里出来，领着它全部的孩子。只听他对它说：

我妈的病好了。

他说这话的时候，嘴里冒泡。冒出的气泡，像白花。

以后的许多年，他就不常来了，或者说，他不专门到它的窝边来，就像不有意走亲戚一样。但是，他常在河面上走，在它窝洞的附近和上方行船。它认识他的船，熟悉他的身影和气味。每当他出现，它便出去，浮到水面，与他相见。他见了它，就会停下来，弯下腰，伸手摸摸它，与它说话。有时候话很多，有时候话很短。

有一次，就是近年，它听到哭声。是顶牛爷的声音。它赶紧浮上去，见他哭得像个泪人。它情不自禁跃到了船上，吻他的脚。他接受或感激它的亲吻，说：

我妈死了。不过谢谢你，她活过了一百岁。

它颤了颤，把头抬起，磕下。它反复磕头了几次。

他不哭了，摸摸它，说：你也会像我妈一样，长命百岁。

它眨了眨眼。

他说：你下去吧，回去吧。

见它舍不得离开，他把它从船上推了下去。

它庞大和沉重的身躯砸进水里，轰隆地响，炸开的水花铺天盖地，让那个刚才还哭的男人，笑得合不拢嘴。

那相识和打交道二十年的男人，也已经老了，而且一定是病了。不然，他会一切如常，出现在河上，划着他的船，来让它见他。

它每天都在想他，等他，为他祈祷。冬天的水已经变成了春天的水。春天的水又变成了夏天的水。冬去春来夏至，像如花似玉的少女变大姑娘，又变成人母。

红水河的水变红了，恰如其名。水位因雨水的汇聚涨高了，河面也更加宽阔。两岸十里的竹林被淹在了河水里，只露出翠绿的尖顶，看上去像绵长的稻田。

顶牛爷撑着船，从竹林穿出来。船顺着水流往下，来到它窝洞的上方。他将竹篙从船孔插下，插进水底的泥土或石缝，将船固定。然后他坐在船舷，将两只光脚伸入水中，一面哼着曲调一面踩水。窸窸窣窣的踩水声和曲调互相谐和，悠扬动听，引来了空中的鸟。

他其实是在向它发信号，传递他康复的信息。此刻的他，气定神闲，脸色红润，身子骨也硬朗，像枯木逢春或铁树开花。

它瞬时闻到信息，立刻就浮上来了。它摆动它的躯干，用尾巴打水。它双目紧盯着他，指望他久留，彼此相互陪伴，生怕他闪失。

他像是懂了，尽量满足它的期待。他停止踩水，让它吻了吻脚趾，开始说话：我从去年就病了，以为不行了，棺材都准备了。快八十了，好像也该活到头了。我这辈子无儿无女，死了也没什么牵挂，也没人为我悲痛。死了是一了百了，是吧？我病了也不治病，治估计也治不好，费那个钱干吗？在家等死好啦。我从去年夏天就等，夏天不死，我想秋天该死了吧？秋天还不死，我想冬天一定会。结果冬天过去了，春天来了，我仍然活着，而且病竟然逐渐好转了，到了这个夏天，彻底好了。于是我来看你。好久不见，我真的想你了。你还好吗？

它眨了眨眼，表示还好。

他继续说：你也老大不小了。我们认识都二十年了，你这等年纪，等于我们人八十岁还是九十岁？如果等同我们人八十岁，就跟我一样。那么，我们都要好好活着，争取多活几年。要不我们比比哪个更长寿，好不好？

它又眨了眨眼，表示同意。

他与它道别，说再见。它甩起尾巴，像是挥手。

竹篙被他拔起，船顿时失控，向下游漂动。它及时一挡，猛力一推，船转向，驶往了上游。他在船上回头，朝船尾投去亲密的一瞥，然后继续撑船，朝上游行。它不舍或不放心，默默随后，护送着。

船进了水淹的竹林，忽然被卡住了。好几根坚韧不拔的竹子从几面夹住了船，进退不得。他用手推，用竹篙打，力气耗尽了，碍事的竹子依然碍事，船还是不能动弹。他在船上团团转，气喘吁吁。

它这时在水下，对付那几根竹子。它用尾巴将它们打开，或者用颀长的身子盘住竹子，将竹子绞断。所做的这些，都拼尽全力，耗光了元气。

他在船上，看到竹子一根接着一根打开，或倒下。他看到水浪翻滚，竹叶纷飞。他没看到它再浮上来。

　　船可以动了，水面也已经平静，而他依然不忍离去，原地守候，像守候一个老朋友。

第七章

公 粮

八分玉米地横七竖八，在热气腾腾的山谷中，像烧煳了的一块馍。

　　收玉米的顶牛爷，像馍上的一只虫子。

　　他掰的连同苞叶的玉米，大多先得把横着长甚至倒地的玉米秆撩起来，才能下手。被撩起的玉米秆子，萎靡低沉，晃晃悠悠，像从床上扶起的病人。被洪水浸过的玉米，像仍跳动和需移植的心脏，被他掰开、撸下，放至身后的背篓里。他一步一步往前挪，玉米一根一根往后放。等身后的背篓满了或身体快承受不住了，他便走开，来到地头。地头出现几个笭筐，摆在那里。他把肩上的背篓放下，又抱起，将里面的玉米倒进笭筐。笭筐已经满了两个了，里面的玉米湿漉、温软，像屠宰病猪后卸下的蹄子。

　　他在地头坐下，旁边是还没有装上或装满玉米的笭筐，像摇篮一样被他照顾。他的目光在地头和地里两处游移，像是一面安慰摇篮里饥饿的孩子，一面期待奶水或其他食物的出现。成群的蚊虫被他的臭汗吸引，在他身边飞舞和盘旋，嗡嗡的声音此起彼伏。有一部分蚊虫已先行抵达他的肌肤，享受人的美味。若在平时，他是能看见、听见和感觉到蚊虫的袭扰的，并予以驱赶、打击和歼灭，但此刻的他，对蚊虫的来袭无动于衷，麻木不仁，像是失去视觉、听觉和知觉一样。蚊虫的军团就像吞噬一具行尸走肉一样，肆无忌惮地欺负一个心思全在玉米上的八十六岁的老人。

山谷中的玉米全都横七竖八，跟他八分玉米地的玉米一样。这是被暴风雨侵袭和山洪洗劫后的结果，未全熟的玉米被风雨和洪水接连侵犯，成片地倒下，不能再生长和成熟，像战场上年轻的士兵未放一枪就被突如其来的猛烈的炮火打死或打残了一样。而那些幸免于难的玉米，虽然竖立着，但枝和叶被打得七零八落，像仗打完后活着站在阵地上的官兵，无不血迹斑斑或遍体鳞伤。

经历过战争的顶牛爷，看着眼前的惨象，忍不住将玉米与生命做比对，或联想在一起。他欲哭无泪，心如刀割。

八分玉米地是顶牛爷合法使用的地，是村委会在土地调整时，代表政府分给他的。之前他一分地都没有，因为历史和这样那样的原因。他当过国民党的兵，新中国成立初回到村里，地已经分光了。粉碎"四人帮"后包产到户那年，因为顶牛爷是单身，年纪已属老龄并纳入五保户之列，就没有给他分地。而顶牛爷拒做五保户，不领救济粮款，坚持要地。坚持了十年，在他七十岁的时候，终于得了一块地，就是眼前的这块地。

这块国家的土地，使用需要纳税，就是要交公粮。顶牛爷从取得并耕种这块地的那年起，年年足额以粮抵税。他已经交了十五年的公粮了。

今年的公粮就在这块地里，从这块地里出来和出去，像往年一样。还有一年要吃的粮食，也要寄托在这块地上。在遭受暴风雨和洪水袭击洗劫之前，顶牛爷是这么认为的。

此时此刻，眼前的玉米地如此糟糕，像是腐烂了的一床竹席。收成是肯定大打折扣了，但争取时间，见好就收，把损失降到最低，顶牛爷是可以做到的，并且已经在做。

他抽完一支烟，喝了几口水，站了起来。

他又一次进入地里，继续收玉米。

山谷中所有的玉米地，目前只有顶牛爷一个人在收玉米。其他的各家各户，都不见人影，就像他们不在乎收成一样。也或许他们仗着人口多劳力壮，全家出动一两天就收完了。

但是他不行，他是单身户，只有一个人，而且老了。虽然能干活，但肯定慢好多。因此，他得笨鸟先飞，早下地。

山谷延伸至村子的道路上，行走着顶牛爷。他拉着车，车上是四箩筐玉米。四箩筐玉米，对别人不是很重，但对顶牛爷很重。顶牛爷不养牛，他就是牛。他像一头老牛拉车，慢吞吞地，比蜗牛或乌龟快不了多少。车轮从太阳偏西开始滚动，一里的路程，停下时已是天黑了。

他这么起早贪黑干了四天。

这天，八分地的玉米全部收完。约十六箩筐带苞叶的玉米被集中堆在堂屋的地板上，像座小山。

闷热的夏夜，微亮的灯光中，顶牛爷在剥玉米，准确地说，是剥玉米的苞叶。这是收获后处理玉米的第一步。通常或者说往年，带苞叶的玉米可以留存数日，但今年不行。今年的玉米含了太多的水分，估摸是往年的两倍。多留一天，已腐烂的玉米会更加腐烂，未曾腐烂的玉米腐烂的概率就会增加。他得抓紧为玉米脱水。

苞叶被顶牛爷用双手撕开、拧断，扔在一旁。剥掉苞叶的玉米则被放在另一边的竹席上。每根玉米都是如此。他重视每一根经过他手上的玉米，慢撕细拧，小心轻放，像呵护每一只刚出壳的小鸡、小鸭。玉米的苞叶撕开后，水便渗漏了，从叶瓣和玉米粒缝里滴出来，濡湿顶牛爷的手。这些玉米里滴出的水让他手凉，也让他心凉。

玉米的苞叶全被剥掉了，用时应该比收玉米少两天，因为顶牛爷少了走路的环节，又是夜以继日地干。他睡觉吃饭的时间也比平日缩短了。酒是暂时不喝了。

先行剥掉苞叶的玉米已在晒台晾晒，稍微干后被顶牛爷收回，陆续补上后来剥掉苞叶的玉米。仍然湿润的玉米铺开在晒台上，在阳光下，冒着气，像蒸笼里的窝头。有无数的小虫在攀爬和飞舞，它们是从玉米里逃跑出来的。有的过一会就死了，有的还没死。

稍干后收回的玉米，开始脱粒。通常脱粒也是人工，用一根竹签辅助。但今年的脱粒，竹签却不能用。玉米被水泡过，硬度不够，竹签会戳坏颗粒，造成饱满度削减。饱满度不够或不合格的公粮，粮所会降等，甚至会拒收的，与湿度超标的公粮一样。

顶牛爷交公粮，曾被拒收过一回。

就是他刚开始交公粮的那一年。他不大懂公粮的规格和标准，以为公粮够干和不含变质的就可以了。他把晒干的玉米，挑拣走变质的后，按量送交。结果粮所验粮的干部只摸一把和看一眼，就拒收了。拒收的理由就是玉米饱满度参差不齐。他最后不得不跟别人家借粮补交，才完成了当年的公粮任务。

顶牛爷放弃了竹签的辅助，纯粹地用手脱粒。他先用指尖扣出一粒两粒，扣出一行来，然后顺着开出的扣缝，主要用拇指慢慢地捻，将玉米粒捻松动后，掰开、剥出。他的每一个动作都很小心慎重，像拔牙一样，生怕把玉米粒破坏了。一根玉米在他手上，被他辗转操持，像一名玉匠抚弄一块玉石一样。他对待每一根玉米都是如此。

被脱粒的玉米逐渐地多，丢在地上的玉米芯胡乱地增高，箩筐里的玉米粒像冬春河流的水位慢慢地涨起来。它们都散发着新鲜的、一点点臭的味道，有点像是渔获后存放过久的鱼桶里飘出的那种气息。这气味让顶牛爷焦急和忧心如焚，他得只争朝夕地干，和时间赛跑。他的老手不能停歇，哪根手指发僵了就换上另一根手指，右手全部麻木了就用左手。老腰酸疼了就站起来一会，手里还不忘操持着玉米。吃睡是需要的，但不能过头，就像开车的司机在半途停车吃喝拉撒和眯一会眼睛就行。

玉米终于全部脱粒了，终于可以全部铺到晒台上去晒了。顶牛爷家的晒台是用竹子搭成的，有半人高，两间房那么宽，铺晒八分地的玉米还有空余。

他坐在空余的地方，看晾晒的玉米。

强烈的阳光下，七张竹席上的玉米粒齐刷刷地展开，像一片绽放的小花朵，或像干池子里正在结晶的盐巴。它们正在吸收热能，蒸发水分。它们还在晒干的初始阶段，像稚气未脱的童蒙。

戴草帽的顶牛爷手持竹竿，气定神闲地坐在那里，像一个人在钓鱼。但显然不是在钓鱼，而是在守望他正晾晒的玉米。他要防着鸡从地上跳上来啄米，又要防鸟从空中降落偷食。他其实像个士兵在站岗放哨，时刻提高警惕保卫财产。粮食便是他的财产，这其中包含着他要上交的公粮。保卫公粮就是保卫国家财产。

果然有鸡和鸟蠢蠢欲动或虎视眈眈，它们从地面和空中靠近晒台，伺机行动，像企图偷袭阵地的敌人。顶牛爷挥动着竹竿，并吆喝着警告企图来犯的鸡和鸟。那些鸡和鸟受到威胁，自然不敢更靠近。它们在人伤不到它们的距离徘徊，与顶牛爷周旋，斗智斗勇。它们在等顶牛爷疲惫、懈怠、打盹或者因故离开，以为总有可趁机而入的时候。但它们显然低估了顶牛爷的智慧和毅力，大半天过去，依然无机可乘。

每隔两个钟点，顶牛爷就会放下竹竿，拿起竹耙。竹耙是翻晒玉米粒的工具，像是炒菜的锅铲一样。顶牛爷给玉米粒翻晒，也像是炒菜一样。他要让玉米粒均衡地蒸出水分，彻底晒干。他要保证交公粮的时候，验粮人员随便抽取几粒放进嘴里，用牙一咬，"嘎嘣嘎嘣"响。这样才少被验粮干部刁难，容易过关。否则还得去二次晒，或过风车，像往年多数村民一样。

顶牛爷自从第一年被验粮干部拒收公粮，往后的十多年，再没有被验粮干部为难。他上交的公粮，颗粒饱满，色泽明亮，不含水分和杂质，像是足金一样，让验粮干部十分满意。

他交的公粮成为上岭村各家各户的标杆。只要是谁家与他同去，验粮干部就拿他的做样板，参照取舍。一致的认可，不一致的否决拒收。

因此，村里的大多数农户，都不愿意与顶牛爷一同去交公粮。他们不与顶牛爷为伍，与他错开交公粮的日子。没有他的公粮做样板，这样或许能蒙混、侥幸过关。多年的经验证明，撇开顶牛爷去交公粮，比与顶牛爷一同去交公粮，过关的概率更大。

在交公粮这件事情上，顶牛爷是孤独的，这点他知道。他特立独行或我行我素，像山林中一只被排挤的猴子，更像是草场一头不合群的牛。

鸡和鸟偷食不是问题，定时翻晒也不是问题，对顶牛爷来说，这些都可以阻止和做到。他唯一不能阻挠和改变的，是天气，准确地说，是下雨。

顶牛爷坐在那里，更多的时候，是观天象。他观察天上的云朵，注意每一朵云颜色、形状及厚薄的变化，以及感觉风的强弱、气温的高低，然后分析和判断会不会下雨，要下的是大雨、中雨还是小雨。如果判断要下大雨，那么晾晒的玉米粒就要及时收回。如果是中雨，那么要把玉米粒收拢，将席子翻卷将玉米粒盖上，再加盖一层薄膜。如果是零星的小雨，就暂且不管。他对天象的观测或天气的预感必须准确，否则，就麻烦了。

晾晒的第九天，顶牛爷注意到，空中像窝头一样的淡积云开始聚集，发展成高大臃肿、形似花椰菜般的浓积云，也叫"猪头云"或"乌云块"。乌云块很快蜕变成像高山的更加庞大的积雨云。"乌云块块叠，大雨来得急"，顶牛爷根据观测和口诀判断，马上要下大雨了。

他迅速采取行动和措施。所谓的迅速，就是他的身体所能达到的速度的极限。他八十六岁了，能有多快就是多快。所谓的措施，就是把晾晒的玉米粒收拢，铲或舀进箩筐里，再抱进屋。他独自地忙活这些，手脚并举，上上下下和进进出出，像一只蚂蚁搬着一个家。

收回到第七张也是最后一张竹席上的玉米粒的时候，大雨哗啦啦下了。已收拢的玉米粒来不及铲进箩筐，也不可能搬回屋子。顶牛爷只能扯上塑料薄膜，将玉米粒堆盖上和包起来。然后他又扯上一片薄膜，蹲在玉米粒堆边，将薄膜张开撑起，像为玉米粒搭起一个棚，或撑开一把伞。他在薄膜下气喘吁吁、汗流浃背。薄膜外面，电闪雷鸣，大雨瓢泼。雨水积蓄在薄膜的凹槽，不断地被他推开、引流。他在密闭的薄膜下团团转，为的是几近晒干的玉米，不被淋湿。

雨一直下着，下了半天。顶牛爷在薄膜下活动了半天。他跟着雨在动。雨停了，他也没有了动静。

顶牛爷重新有动静的时候，天都黑了。雨也不知停了多久，蝉虫的叫声猛如潮水，像雨打芭蕉。蝉声让累晕过去的顶牛爷醒了过来。他掀开了裹着他的薄膜，爬着下了晒台，回屋。

第二天天一亮，顶牛爷重回晒台，打开那被薄膜覆盖的玉米粒堆。经过翻检，他发现大部分玉米粒是干燥的，只濡湿了边旁的一小部分。黄灿灿的玉米粒堆，在初升太阳的映照下，像一座小金山。

全部的玉米粒晒干了，接下来是筛选。顶牛爷要先选出上好或上等的，作为公粮。其次是作为自己的口粮。劣质的留作牲畜食用。这都是历年的路数和规矩。

今年的情况特殊，就是说十分糟糕。玉米减收，而且溃烂较多，要想像往年一样保质保量是不可能的了。

但公粮却是必须保质保量的。

仍然是在晒台上，顶牛爷在筛玉米。他先拿着格子最宽的筛子，筛一次，把不合规格的玉米粒筛下去，留下大的和饱满的，再拣出杂物和变质的。今年的境况虽然不如往年，但筛选的程序和要求却必须像往年一样严格仔细。

沉甸甸的筛子在顶牛爷手上，盘旋、颠动，像一个使用中的石磨。小的和较坏的玉米粒从格子中漏下去，像泥沙俱下。灰尘和一些细碎之物则被颠起来，扬在空中，筛子一挪，嘴巴一吹，便散往别处，不在筛子里了。顶牛爷接着翻找杂物和变质的玉米粒，拣出来，疑似的也拣出来，扔在不同的容器里。

留在筛子里为数不多的颗粒，饱满结实、干燥光泽，粒粒像是一个模子里出来的金子。

他的整个筛选过程，其实就像是在淘金。

今年收成的质量差强人意，质和量与往年比明显是颠倒了过来，好的少于劣质的，就像一所好学校的劣等生多过了优等生一样。如果说有谁乐意，恐怕就是家养的禽畜了，它们往后的口粮，要比人的多许多。

好在需上交的公粮选出来了，顶牛爷称了称，刚刚够，还冒出两三斤。就算到了粮所被克扣，也不打紧。何况他已多年没有被克扣了。

剩下的事情，是等日子。

往年交公粮的时间是十月份，哪天都可以。顶牛爷通常是十月的第一天，就是十月一日，就把公粮交了。他今年也不想改变。

现在离十月还有三十来天，他得等待。等待是轻松的，但也难受。选好的公粮摆在那里，心里踏实，但也生怕它受潮了或者被虫咬。

公粮储存在一口缸里。这口缸很大，没有存满。顶牛爷每天都要打开缸盖，看一看，检查一遍。隔它三五天，他还要把公粮舀出来，拿到晒台上晾晒，风干。他看护公粮，就像伺候月子里的母亲和婴儿一样，尽管他这辈子没有照顾过坐月子的妇女及孩子。

顶牛爷中年的时候有过一个老婆。老婆跟他生活了不到五年，就走了。她其实是逃难的时候被顶牛爷遇见收留的。后来日子逐渐好过了，老婆联系上了她的家人，顶牛爷就放她走了。

顶牛爷没有孩子，独自生活。他有个弟弟，见哥哥孤苦伶仃，曾想把自己的一个儿子过继给他。他没有要。后来那个儿子又生儿子了，又想把其中一个儿子其实是他孙子了，过继给他。他还是没有要。

村里人认为，他不想养儿的原因，与粮食有关。那时候他没有地。后来有地了，也仅有八分。八分地的产粮是不够两个人吃的。何况养儿的话，儿还要生儿，就更不够吃了。

真正的原因只有顶牛爷一个人知道。他不说出来，任由别人说去吧。

交公粮的日子终于来到了。

一早，顶牛爷就把打包好的公粮挑出家门。他来到离家不远的河边，上了一艘小船。那是他的船，捕鱼用的。他现在要用船送公粮，到上游六里的乡粮所。

秋天的红水河不红，变清了。水流也相对和缓，像一头暴脾气的牛变温顺了。河水载着小船，小船载着顶牛爷和公粮。公粮被放在船头的夹板上，实际是架子上。顶牛爷站在船尾，划船。

小船孤单地在河上浮动，像沙漠中一名独步的旅人。早上的河流，是不大有船来往的，即使是交公粮的月份。何况还有人故意回避，不与顶牛爷同步和同行。

顶牛爷慢慢地划船，船慢吞吞地行往上游。他和船合拍、自如，像和睦的亲人或默契的同伴。但毕竟人和船都老了，又是往上游行，缓慢是自然而然的，就像人背着大包登山一样。

人船靠在乡里的码头，已是中午。顶牛爷拴好船后，将公粮挑上岸。他在岸上休息了一会，又挑起公粮，去往乡粮所。

粮所在乡中学的旁边，顶牛爷熟悉得不能再熟悉。他每年至少来一次，起码十五年了。这十五年里，每年这个时候，粮所人山人海，排队交公粮，排到乡中学里面去。二次晒的粮食，也铺满中学的操场。

但顶牛爷今天发现，粮所冷冷清清或空空荡荡，没有别人来交公粮。他进粮所都不用排队，更别说排到中学了。

粮所的干部今天也格外少，具体地说，只看见一个人，散漫地坐在远离粮库的住房门口，抽烟。顶牛爷把公粮挑到锁闭的粮库前，放下担子。他望着抽烟的那个人，那个人丢掉烟，起身走过来。一走近，发现都互相认识。粮所的干部姓蓝，顶牛爷叫他蓝干部。蓝干部连顶牛爷的外号都知道，或者只知道外号。

蓝干部说：顶牛爷，你来做什么？

顶牛爷看着公粮，说：交公粮。

蓝干部诧异，也看着地上的包包，说：哪个喊你来交公粮？

顶牛爷说：没有哪个喊，是我自己来交的。往年我都是这个时候来交的。

蓝干部说：今年起不用交公粮了，你不晓得？

顶牛爷惊愕，说：不晓得，没有哪个讲给我听。他转念一想，说：不会吧？人人都要交公粮的，光我一个不用交不好吧？

蓝干部以为顶牛爷耳背，大声说：所有的人都不用交了。国家的政策出台了*，取消所有的农业税，就是讲，所有种养的农民，都不用交公啦！你把公粮挑回去吧，自己吃！

顶牛爷更惊愕了，说：为什么？

蓝干部看上去有些烦，说：这是国家的新政策，是惠民

---

* 农业税是国家对一切从事农业生产、有农业收入的单位和个人征收的一种税，俗称"公粮"。2005年12月29日，第十届全国人民代表大会常务委员会第十九次会议决定：第一届全国人民代表大会常务委员会第九十六次会议于1958年6月3日通过的《中华人民共和国农业税条例》自2006年1月1日起废止。——编者注

的，促进农业发展的，明白不？

顶牛爷摇头，表示不明白。

蓝干部说：国家富了，为了让农民更富，不需要农民再交公粮了。打多少粮食，好的坏的，都是自己的。这回你听明白了吧？

顶牛爷点点头，像是明白了。他低着头，看着不再是公粮而是属于自己的粮食，既高兴又难为情，像看着一条独自捞到的无人分享的大鱼。

今天这个日子出大太阳，中午炽热的阳光直照空旷的粮所。

站在粮所中的顶牛爷，像地里的一棵玉米。

第八章

花　钱

顶牛爷八十一岁这年，飞来横财。

传说中，有的说是十万，有的说是一百万，有的说是一千万。具体或者准确是多少，恐怕只有获得者顶牛爷知道，或者给予者知道。

给予或赠予者是个女人，叫覃小英。

村里上了年纪的人，认得覃小英，不认得的也大概知道有这么一个女人。她是二十多年前逃难到桂北一带，被顶牛爷捡回来的。她做了他的老婆。但谁知道是不是真做了老婆。真是老婆的话，一起生活了几年，却不见生有孩子。还有，人们发现他俩不打不骂、互敬互让，这哪像两公婆呀，倒像是宾客一样。再说，两人年纪相差好大呀，她来上岭村那年，看上去也就二十多岁，而顶牛爷快六十了。差三十多岁的夫妻，在贫困的年代，也太不真实了。他们应该是假夫妻，做给别人看的。后面的事情证实了人们的猜测或判断，那就是没几年，覃小英离开顶牛爷，走了。那年，形势好转，她联系上了她的家人，顶牛爷就放她走了。

据说，覃小英家族原来是做黄金珠宝生意的，形势好转后仍然干老本行。她后来嫁给了一个同样做黄金珠宝生意的家族的人。两个富有家族的联姻，就像两座金山叠加，大富大贵是板上钉钉的。

她富贵以后，不忘顶牛爷的恩情。在顶牛爷八十一岁这年，她把他接去南宁，住了一段时间。名义上是去治病，但顶牛爷哪有病呀？身体硬朗朗的，像棵青冈树一样。他两年前的确生过一场病，但已经好了。病好后的顶牛爷生龙活虎，仿佛脱胎换骨。说到底，顶牛爷就是去南宁享受，接受覃小英的感恩或报恩。

顶牛爷从南宁回到村里，就变富了，或者说已经是富人了。

他从据说是三百多万的进口车里出来，衣帽光鲜，鞋袜轻厚、绵软，在俊男靓女的护送下，像个还乡的皇亲国戚。送他回来的车和人虽然很快被他打发走了，但看他回来的那个气势，那般富态，就知道他今非昔比，烟袋换吹筒，吹筒换鸟枪。

他开始大把花钱。

首先修坟。上至太祖父太祖母，下至父亲母亲，以及旁系或庶出的亲人，只要是与顶牛爷及其家族有关的先人坟墓，统统要修。健在的亲人数了数并经顶牛爷确认，一共是十九座。上下两百年，顶牛爷家族才有十九座坟墓，其实不多。但这是看得见找得着的，像活着的亲戚看得见数得着一样。看不见找不着的亲人，实在是太多了。他们死在何处葬在何方，他们的名，他们的辈分，他们的死因，他们的寿命，一知半解甚至一无所知，口口相传，以讹传讹，以至于家族历史涌现了许多英雄好汉和少数的败类宵小，并且张冠李戴。这是不正确的，也是对先人的不恭不敬。要是所有的先人死后均有坟墓或找得着坟墓，并立有碑，就不会存在以讹传讹、张冠李戴的问题。而现有的有坟可依有碑可查的先人坟，几乎都破落矮小、字迹难辨，再不重修，将来难免会出现无坟无碑的问题。另外，这十九座坟茔，东一座西一座，遍布十里八乡，像散兵游勇，再不把它们聚集，先人被淡忘甚至遗忘，是迟早的事。过去这些坟没有重修和迁移，是因为没有条件，说白了是没有钱。如今有钱了，想法或愿望就要实现。

家族整合的墓地选定了，就是祖宅背面的山上，在半山腰，两边山丘的中央位置。这似乎是顶牛爷早就看好和盘算好的，一从南宁回来或者说一有钱，马上择吉日良辰开工。

半年的紧锣密鼓、精益求精的建设，墓地各个项目完成。

墓地坐西向东，背靠高高青山，左右山丘拥护，如一把高椅的坐板。前方山下，是绕村而过的红水河。墓地宽阔，容下十九座建好的坟墓后仍有余地。墓台更宽阔，全由花岗石搭建。通往墓台的道路斗折蛇行、山花烂漫，像一条飘忽的彩带。

村人替顶牛爷估算，仅是墓地建设，至少花费七十万。

七十万在村里可以起三栋楼房。

那么，顶牛爷就不是烟袋换吹筒、吹筒换鸟枪那么简单了，而是鸟枪换炮或单车变摩托。

于是，传说中覃小英赠予顶牛爷的十万，变成了一百万。

十九位先人遗骨重新下葬的那些天，上岭村人潮涌动、络绎不绝。鞭炮整天炸响，经久不息。山欢地动，风含情水含笑。家宴变成村宴，酒肉香飘五里。来者都是客，不仅不收礼，还赠予利是。

下葬及宴飨费用，估算不下三十万。

那么，顶牛爷从那个女人那里得到的钱，就不止一百万了。

这事过后，村人追着问顶牛爷，问题只有一个：覃小英

（你放走的老婆、你那个女人、那个富婆）到底给了多少钱？

追问的人每天都有一串，像苍蝇围着香肉或像蜂群跟着蜂王一样，追随着顶牛爷转。

顶牛爷都是笑而不答，有求不应，像尊佛。

于是，顶牛爷的身价便嗖嗖地往上涨，二百万，五百万，八百万，一千万。

涨过一千万的时候，顶牛爷忍不住了，再忍就胀破了，像憋得太久的尿脬一样。他终于红着脸，回答：

哪有那么多，我要那么多钱干哪样？

顶牛爷否认身价超过一千万，那么就是一千万了。

从来不便或不敢过问数额的家里人，相信了村人的评估。他们确定各自的亲兄、亲伯、亲大爷、亲舅爹、亲舅公等，获得嫂子、伯娘、大奶、舅娘、舅婆等的馈赠，是一千万。

一千万是一千个一万，一百个十万，十个一百万。按户数或人口均分。按血缘亲疏或辈分逐级分。按平日关照和特别照顾他的功劳或情分，加分或减分。按一选项分，按一、三选项综合分，是多少，多少……

家里人实际是家族的人拆来拆去，算来算去，分来分去，吵来吵去，最终总数额是对的，分配的数目却不对或有争议、分歧，就像一道题答案对了解题步骤和方法错了一样。

家族的人把几种分配方案提交顶牛爷，由他定夺。

那是在顶牛爷的老屋里。墙壁斑驳，门朽梁歪，红瓦也变成了黑瓦。

他在这座房屋里单身住了很多年了，即使扣除他与当年那叫花女如今的富婆生活的几年，起码也有三十年。他是与弟弟分家后，从祖宅搬到这里住的。这里原来是生产队的化肥仓库，后来生产队另建了更大的仓库，就把这里卖了。他不知哪来的钱，也许是阉鸡阉猪攒的钱，买了它。还做了一些改造，多开了两扇窗。别小看或忽视这两扇窗，要是没有这两扇窗，他兴许不到两年就被毒死和闷死了，哪还有机会在稍后的几年，遇见在许多年后给他带来富贵的富贵女人呢？

那是晚上，冬天的晚上。家族活着的人都集中在这里，能走动的走来，不能走动的抬来和背来，总之全部到齐。他们围着炭火，里三层外三层。

顶牛爷无疑是最里边的第一层。他目前是家族的主人翁，是中心或核心。他的态度决定一切，他的话一言九鼎。

火光映照他的脸。他的脸红彤彤的，像太阳。所有人眼巴巴盯着他，火辣辣的目光，能把他烤熟。他也像是被亲人亲属的情熔化，软和地说：

按人头来，每人一万。

大家忙着点数，除了顶牛爷，在场一共有八十九人。一人一万，那就是八十九万。

马上有人觉得少了，或觉得亏了，指出这种分配不合情理。比如亲弟和堂弟，堂妹和表妹，是有近亲和远亲的区别或差别的，就像细粮和粗粮的差别一样，没有差别的分钱不对。又比如，七十岁的老人和几个月的小孩，就像老母猪和猪崽的食量不同，长幼一样分也不对。最关键或最恼火的是，一千万只拿不到一百万来分给亲人和亲戚，就像九牛一毛，太少了。做人不能这么小气和抠门。

听着亲人亲属的议论和指责，顶牛爷不愠不怒，平静地说：

觉得少的和觉得吃亏的，可以不要。就是每人这一万，我也还得跟小英打报告，她同意了，给了钱，我才能分给你们。

众人纳闷。有人说：一千万都是你的了，你还不能做主呀？还要汇报打报告？

顶牛爷说：不是一千万不一千万的问题，就是我从南宁小英那里回来时，她对我讲，我想用多少，跟她讲，她就给多少。

另有人说：意思是你想用一个亿，她也给你一个亿？

顶牛爷说：是这意思。不过我用一个亿干什么？我用不着一个亿。我顶多再用一百万，用八十九万打发你们，就没什么可用的了。我八十一了。

众人异口同声，说他傻和蠢。

顶牛爷说：你们认为我是傻和蠢也好，是小气和抠门也罢，反正我就是这个样子。我想哪样，我就哪样去做。比如现在我想给你们每人一万，就是一万。少要，不要，可以，多一分没有！

亲人亲属顿时醒悟，纷纷表态要。再不要，傻和蠢的就是他们了。

不几天，八十九万现金就一一发放到了亲人亲属手上，人手一万。这是多数人平生或一辈子见过和得到的最多的钱，这个钱仿佛是从天上掉下来的，被他们捡着了。他们仍觉得不够多但似乎又心满意足，他们能获得这些而其他人没得，只因为他们是顶牛爷的亲人。

顶牛爷的亲弟弟樊宝羊一家，拿到的钱最多，因为他家有十九口人，那就是十九万。尽管在分配的时候，他反对的意见最大，建议最多。但钱到手后一想，亲哥哥这么分配，其实是偏向亲弟弟的。如果按户平均，按平日对顶牛爷关心照顾的功劳奖赏，樊宝羊一家能够得到十万就不错了。说明血缘基因这个要素是起作用的，亲情的堡垒是等级森严和牢不可破的。

经过对照、计算和反思，对顶牛爷的敬爱和孝顺，开始出现在了樊宝羊一家。十九口人，十九份爱，十九种孝敬，争先恐后，汇聚成河，向顶牛爷奔流。

他们花开两朵，各表一枝。一部分人着手筹划顶牛爷房屋翻建事宜，另一部分人出动张罗顶牛爷的亲事。

两路人马都风风火火、大张旗鼓。

房建计划，将老房屋推翻，原地建起六层楼房，带电梯，精装修，配高档家具、家电。投资总额预计二百万。

亲事愿景，成亲对象限于四十岁以下的未婚妇女或姑娘，端庄、贤惠、善良，民族不限，文化不限，籍贯不限。谈成后送不低于一百万的彩礼。介绍或做媒的人，带来见面的，一人一千红包。最终撮合成功的，奖两万。

两件大事如火如荼开展的时候，被顶牛爷紧急叫停，像一辆快速奔跑的车急刹一样。

顶牛爷给出的理由是，他八十一了，起新房他还能住多少年呀，说不定房子还没建好，他就死翘翘了。这是关于建房的。关于成亲，他同样强调已经八十一了，没几年活头了，成亲干吗呢。

众亲人坚持己见，予以更充足的理由或合乎人道人伦的解释。他们认为，房子是用来住的，更重要的是将来要用来纪念的，是纪念堂，纪念上岭村最传奇、富强的男人顶牛爷的一生。它还将作为上岭村最有特点的建筑，是上岭村的地标。说不定它将来成为旅游景点，来上岭，必到此一游。而为什么要成亲？他们认为，顶牛爷活到现在，快一辈子了，从来没有正式成亲，自从覃小英离开后，就一直单身。没有明媒正娶的老婆，没有子嗣，也就是说，晚年身边没有一个知冷知热的贴身女人，死后没有继承人，百年之后立碑，碑文写什么好？不好写呀。后人一看，这里埋的是一个无妻无儿的鳏公。这怎么行？再说，要成亲，首先没有一栋像样的房子行吗？

亲人们觉得说服力还不够，请来了顶牛爷相对信服的人，来做他的思想动员工作。他们分别是退休村干部蒙龙财和退休教师樊宝宗。

两位说客是同时来的，他们与顶牛爷关在里屋，进行了密闭而又坦诚的谈话。

蒙龙财：顶牛爷，我与你从小就在一起，打交道那么几十年，扣除你在外当兵十来年，起码也有五十年。我们的交情，是厚是薄，别人看得到，我们自己也心里清楚。我们的关系，不是兄弟胜过兄弟，对吧？

顶牛爷：对，上岭村我信得过的人，就你，还有宝宗。

樊宝宗：顶牛爷，我与你虽然不同族，但同姓还同字辈，其实我很愿意认你为堂哥，我是你堂弟。实际上私底下我就是这么认的。但公开就不好说了，尤其是现在。假如现在我对你口口声声称堂哥，别人以为我图你的钱财。你这次给家族的人分钱，我就没参与，以后也不会。我们的关系，就纯粹是朋友，是吧？

顶牛爷：你是没私心的朋友，我晓得。

蒙龙财：我们今天来，要跟你谈的事情，想必你是晓得的了。一个是建房的事情，另一个是成亲的事情。建房的事情，主要是宝宗和你谈，衣食住行方面，他站得高看得透。成亲的事情，主要是我和你谈，男女方面，我经验足。

顶牛爷：那你们两个，哪个先来？

蒙龙财：宝宗先来。

樊宝宗：关于建房的事情，据说宝羊他们计划将这座老房子推倒重建，而且要建六层楼高，我是不赞成的。为什么不赞成？我还是相信那句老话俗话，就是"良田万顷，日食一升。大厦千间，夜眠八尺"，对我们这些已经老朽的人来说，日食一升，夜眠八尺，其实是太多和太宽了，日食五两，卧榻三尺，比较符合现在的实际。对老了的人来说，房子不重要，重要的是健康，重要的是快乐！至于要搞成纪念堂呀地标呀旅游景点之类，我认为纯属扯淡。顶牛爷你虽然厉害，经历传奇，这点我承认，也敬佩你，但你再厉害，也不能和伟人比呀。所以那些冠冕堂皇的话都是胡扯，要建这么高的楼是别有用心。别有用心在哪？就是你死后，这栋高楼就是他们的啦。至于他们张罗着给你成亲，不过是虚张声势而已，哄你高兴，引诱你同意和拿钱出来建房。你看吧，等房子建好了，幺蛾子就会出来搞破坏，你就算想成亲，明媒正娶一个女人，我看难，还想生子嗣，难上加难！

顶牛爷：宝宗一针见血，不愧是老师。我的态度也和宝宗一样，不建房了。

樊宝宗：那我就不用再说什么了。

顶牛爷：龙财，到你了。

蒙龙财：我没宝宗水平高，讲话文明、到点。顶牛爷，关于成亲的事情，我有些流氓问题想问你，你可不可以老实回答？

顶牛爷：放！

蒙龙财：关于你和覃小英，你和她生活的那几年，是真夫妻还是假夫妻？就是讲，你有没有和她同床睡觉？

顶牛爷：同床睡觉，有过。

蒙龙财：意思也就是讲，男人和女人那方面的事情，你们搞过了。那为什么没有小孩？

顶牛爷：没有搞过，怎么会有小孩？

蒙龙财：妈呀，讲白了，你们就装成夫妻，实际关系是清白的、纯洁的。

顶牛爷：小英为什么感恩我，就是因为这个。

蒙龙财：不说你和覃小英了！我另外问你，你有没有搞过别的女人？

顶牛爷：我当兵被俘虏以后，没有。

蒙龙财：意思是你当国民党兵时，搞过？

顶牛爷：逛过窑子。

蒙龙财：搞过几多？

顶牛爷：没有几多，没有钱逛，就两回吧。

蒙龙财：还有吗？不是窑子里面的。不花钱的，或者强迫的。

顶牛爷：强迫？我又不是日本鬼子。

蒙龙财：那自愿和你搞的，姘头之类的，有没有？

顶牛爷：没有。

蒙龙财：也就是讲，你这辈子，男人和女人的事情，就是当国民党兵的时候，放过两枪。

顶牛爷：这方面跟你比，我很惭愧。

蒙龙财：好吧，我继续问你。你打这两枪，快不快活？

顶牛爷：当然，那时候年轻。

蒙龙财：覃小英和你在一起的时候，你也不老。

顶牛爷：你讲过不扯我和她了。

蒙龙财：你虽然不和她发生男女关系，但是我不信你不想。

顶牛爷：当然想，但是不行。

蒙龙财：哦，你家伙不行，不中用了是吧。

顶牛爷：你庸俗！我家伙好得很，可以当扁担挑东西。

蒙龙财：那为什么讲不行？

顶牛爷：我和她要是发生了那种事，就会把她拖住、捆住，要是再生小孩，她更走不脱了，那么就毁了她。这就是我讲的，不行。

蒙龙财：覃小英走后，你想没想过有女人，就是讲，娶个女人当老婆？

顶牛爷：想，没本事娶呀。

蒙龙财：是不是有中意的了，或者讲有合得来的女人了，只是没钱娶?

顶牛爷：这个女人你应该认得。不过过去好多年了，你应该不晓得了。

蒙龙财：哪个? 你只要讲出地方、名字，我肯定晓得。覃小英走的时间不是更久吗? 我都还记得她长什么样，她嘴旁长一颗痣，是标准的美人痣。

顶牛爷：你扯远了。

蒙龙财：到底哪个嘛?

顶牛爷：算了，我现在没有决心，也没有信心，就不讲了，免得给人家添麻烦。

蒙龙财：好，不讲就不讲。我最后问你一个问题。你现在身体健康吗?

顶牛爷：废话，你现在不是看见我健健康康在你跟前吗? 我虽然八十一，但没毛病。

蒙龙财：包括驳壳枪?

顶牛爷：没人试，但经常走火是真的。

蒙龙财：那就没问题。那我就明白了，我鼓励你，找个女人，成亲!

顶牛爷：可我已经八十一了，好吗?

蒙龙财：刚才宝宗讲了，对老了的人来说，房子不重要，重要的是健康，重要的是快乐！你现在是健康的，但是你快乐吗？

顶牛爷：……我要成亲，就和刚才我讲的那个女人。

……

蒙龙财、樊宝宗和顶牛爷三位七十岁以上的老人，在里屋密谈了半天，终于结束了。他们依次走出来，像三位运筹帷幄的指挥官走出当指挥部的防空洞，顶牛爷像司令，而老村长和樊老师像参谋长和师爷。在堂屋焦急等待的人们，像摩拳擦掌等待指令的各级指战员。他们希望将宣布的决定，与他们希望的一样，皆大欢喜。

顶牛爷站在老村长和樊老师中间，昂首挺胸，像个首长。他清了清嗓子，气定神闲地说：

经过龙财和宝宗，两位我信得过的人，动员和做思想工作，我最后决定，这座房子，只做适当的装修，不推翻重建了。关于成亲的事情，我还是想找一个老伴，不过，找哪一个，该怎么办，由我说了算！

话音一落，多数亲人出现了失望的神态，像是被医生告知患了严重的病一样。显然，顶牛爷的决定与他们的计划落差太大了，像天壤之别。这个无情冷酷的决定，肯定不是顶牛爷的自作主张，他一定是参考甚至听从了老村长和樊老师的意见及建议。是老村长和樊老师的羡慕嫉妒恨，导致了顶牛爷昏头昏脑，做出了大大不利于亲人的决定。他们仇怨的目光，箭一样射向站在顶牛爷两边的老村长和樊老师，欲置之死地而后快。

老村长感到害怕，推脱说：房子的事情，我一句话都没讲，主要是宝宗在讲。

老村长以为成亲的事情，符合顶牛爷大多数亲人的要求和愿望。没想到，他们不买他的账。人群中不知道是哪一个，骂了他一句：蒙龙财，臭不要脸的老流氓！

老村长恼羞成怒，跳将起来，要揪住辱骂他的人。但骂他的人躲在人群中，被人掩护。他只有白挨骂。

退休老师樊宝宗聪明，有涵养。他不声辩、不冲动，默默承受别人的仇视。他淡定沉着，像一只坐看云起或卧听涛声的老龟。

顶牛爷观察到了亲人们对他的决定不高兴，以及对老村长和樊老师的迁怒，他直率的眼睛，冷冷地扫了一遍还在抱怨和愤懑的亲人们，说：

刚才你们的表情动作和丑话，我没看见，也没听见，请你们再做一遍，再讲一次，我好记得哪个爸跳得凶，哪个妈骂得狠。以后，跳得凶的，骂得狠的，我多给好处。

亲人们不笨，听懂顶牛爷的水底话和反话，纷纷改变了神情和态度，全都眉开眼笑和赞赏有加，像一群被狗撵后迷途知返的羊。他们一致拥护顶牛爷最终的决定，服从顶牛爷的指挥和安排，像另立山头的各路土匪，归顺能给他们和平、富裕的统领。

顶牛爷指望能和他成亲的女人，叫韦香桃，是本乡内曹村人。

他和她相交来往的那年，他六十五岁，她四十二岁。

那年的一天，顶牛爷正在河里捕鱼。他在船上收网，有小收获。这时，一个约四十岁的男人在岸边用双手做喇叭筒状，朝他喊话：

顶牛爷，内曹村一队韦香桃请你去阉猪！

顶牛爷望见喊话的男人，是内曹村人，名字好像叫蓝吉林。他应该是路过这里去赶圩，带话的，因为他腿边有只笼子，笼子里有鸡。他对不常见的蓝吉林，回应：我不阉猪了！

蓝吉林喊：啊？你不阉吗？我记得你还给我家阉过猪，还阉过鸡呢！

顶牛爷：那是以前，我现在不阉了！

蓝吉林：韦香桃就想请你去阉，她说你阉得好，干净！

顶牛爷：她为什么不亲自来请？

蓝吉林：她走不开！

我也走不开！我改行了，不阉了！

她老公几个月前死了，家里有个脑瘫的仔，真的走不开！

顶牛爷一愕。他记得韦香桃，认得那会，她还是个样貌好看的姑娘。他去她家阉猪，她还没出嫁。岁月走得快，一晃二十来年过去了。她嫁了人，又守了寡。他心一软，一热，也用手做喇叭筒状，回应：

我晓得了！

顶牛爷回家，从床底拖出阉活的工具箱。他把工具箱打开，发现阉活的工具都已经生锈了，或腐朽了。他重新打磨工具，或补上新的，用了两天的时间。

他出现在内曹村一队，已是三天之后。自从断了阉活，他就不再来内曹村。他进了村里首户人家，打听一队在哪里，韦香桃的家在哪里。很巧，接见他的正是蓝吉林。他现在已经确定他是蓝吉林了。蓝吉林自告奋勇，带他去。

路上，蓝吉林说：我以为你不来了。

顶牛爷说：韦香桃的老公多大？

蓝吉林想了想，实际是算了算，说：她老公是我堂哥，大我五岁，我四十，那他就是四十五。

怎么死的？

肝有肿瘤，发现三个月就死了。留下两个儿子，一个脑瘫，好像我跟你讲过了。另一个今年刚考上大学。蓝吉林说，忽然一愣，像是感觉哪里不对。咦，你干吗问这个？你该问的不是这个呀！

有几头猪要阉？

蓝吉林又一愣，说：这个我不晓得。

顶牛爷说：就是嘛，该问的你又不晓得。

走了一里山路，在一个山窝里，出现了五六座瓦房子。这是一队。蓝吉林指了指房子中最破烂矮小的，眼睛凝视房子，吸了一口长气，又长呼出来，说：她人还蛮好看，身板子更惹眼，唉，就是家太破，命太苦。

顶牛爷看看房子，看看在叹气的蓝吉林，不发言。

进了韦香桃家，不见韦香桃，只有她脑瘫的儿子在。她儿子斜躺在堂屋一张竹制的躺椅上，有薄被盖着，一动不动，却不停地流口水。蓝吉林说：这是老二。

蓝吉林在屋前喊了一声韦香桃，朝屋后喊了一声阿桃，很快，她从屋后回来了，扛着一捆红薯藤。她扔下红薯藤，直立看着仍提着工具箱的顶牛爷，茫然不知所措。

顶牛爷说：猪在哪？

韦香桃这才猛醒，带顶牛爷去猪圈。

猪圈在房子一侧，依托墙面搭建，屋盖是茅草，围墙也是茅草。只有隔栏是木头。隔栏下是粪井。

猪圈里有两头猪，差不多一样小，三十斤这样，看得出来是一公一母。

顶牛爷说：都要阉吗？

韦香桃说：都阉。

我有好多年不阉了。

我信得过你。

顶牛爷对随后跟来的蓝吉林说：你能不能当个帮手？

蓝吉林愉快地说：能。

顶牛爷说：去找把长条凳来。

韦香桃说：我去。

她找来了一把长条凳。

长条凳摆在猪圈外，凳子板面有许多刀痕，像用久的砧板一样。

顶牛爷将小公猪捉住，提出来，架在长条凳上，背朝前，然后交给蓝吉林掌握。被蓝吉林握住两只后腿的小公猪，还未被阉就呜哇直叫，像一个还未扎针就哭呀呀的男孩。

顶牛爷从箱子里取出必要的工具，具体地说是柳叶刀、止血钳、碘酒、药棉、缝针和缝线。这些工具其实跟医院医生的手术器械是一致的，只不过医院医生手术对象是人而顶牛爷的是猪。

只见顶牛爷用浸过碘酒的棉球擦拭小公猪睾丸外面的皮肤，四指握住猪后腿的跗关节上方，将食指顶住睾丸的下边，使皮肤绷紧，然后用柳叶刀切开两只睾丸的皮肤和白膜，将其中一个睾丸挤出，再紧紧抓住睾丸，向外拉出，将精索和血管拉断。第二个睾丸也是重复这个动作。阉割完后涂抹碘酒。

阉割过程不过几分钟就完事了。顶牛爷的手法干脆利落，让蓝吉林看得目瞪口呆。而小公猪也配合，真正阉割的时候反而不叫了，像是很乐意和享受。

蓝吉林忍不住说：皇宫里的太监，是不是也是这样阉呀？

顶牛爷不答，示意蓝吉林将已净身的猪提回猪圈。

蓝吉林接着提出小母猪。他遵照顶牛爷的指示，将猪仰靠在凳子上，与刚才阉的小公猪姿势相反。他仍然握着小母猪的两只后腿。小母猪居然没有叫，像是生下来就准备好要挨刀一样。

顶牛爷给小母猪消毒。然后只见他左手中指抵于小母猪右侧髋结节，拇指用力按压在髋结节内侧，两指成一直线。他右手持手术刀，用刀尖垂直切开腹膜，只听到"噗"的响声，便见有少量的腹水涌出。小母猪这时发出嚎叫。在猪嚎叫时，子宫角随着涌出。似乎小母猪的嚎叫不是出于疼痛，而是为了给子宫的涌出助力，像产妇的呼喊是为了给胎儿的出生助力一样。

他右手捏住脱出的子宫角及卵巢，然后换成左手捏住，用右手压迫腹壁切口。当两侧卵巢和子宫全部拉出后，他用刀割断子宫体，将两侧卵巢和子宫一同除去。

他在切口涂碘酒，用针给切口缝线，再涂碘酒。

他与蓝吉林接手，提起猪的后肢，稍摆动一下，便放下地，放开手，让猪自由活动。

小猪匍匐在地不动，像是不喜欢自由。它眼睛看着丢在一边的它的子宫和卵巢，神情黯然，像是明白它永远不可能做母亲了。

拾掇工具、洗手，回到堂屋。韦香桃看着只抽烟不喝水的顶牛爷，说：

我该给你多少钱？

顶牛爷说：不要钱。

韦香桃说：那给米吧，该多少斤米？

顶牛爷说：什么也不要。

那不行！你跑那么远，那么辛苦，连口水也不喝。什么都不要，那哪行！

一旁的蓝吉林说：有酒的话，也许他就喝了。

这话提醒了韦香桃。她立即快步走进里屋，很快抱出一坛酒，放下，又进去抱出一坛来。她说：这是孩子他爸剩下的，一坛喝了一半，还有一坛没开封。全部给你。

顶牛爷看着酒，说：这个我要。

顶牛爷挑着两坛酒，工具箱挂在喝了一半的那坛酒那边，刚好平衡。他稳稳当当，走在回家的路上。

他每天喝着酒，想着那个送酒的人。她真的还蛮好看，身板子更惹人，像蓝吉林讲的那样。但蓝吉林嫌她家太破命太苦，他不嫌。他想入非非，然后觉得说不定人家还嫌他比她老很多呢。不是老很多，是大很多。他觉得他六十五岁，不能算老。

她送的酒全喝完了，他还想她。但也就是想而已，没有能力和胆量表达出来，就像窝在肚里的蛔虫没有猛药是不可能驱赶出来一样。

立冬不久的一天，顶牛爷在河里捕鱼。蓝吉林又是去赶圩路过，他朝顶牛爷边呼喊边招手。

顶牛爷急忙划船靠岸。他有点喜欢或者说十分期待可以为他穿针引线的蓝吉林了。

蓝吉林说：韦香桃的猪，被你阉死了。

顶牛爷惊愕，像遭天打五雷轰一样。

两头都死了。蓝吉林接着说，像在重伤的人身上补刀。你是怎么搞的？老猫跌碗架。

我不是故意的。

韦香桃不让我告诉你，但今天遇见你了，我又忍不住。

这句话让顶牛爷听了，有些感动。他翻开船的舱板，指着舱里游动的鱼，对蓝吉林说：你挑两条大的拿走。

蓝吉林挑选着鱼，却左右为难地说：我还要赶圩呢，那拎着鱼去赶圩，鱼不就死了吗？再拿回家不就臭了吗？

顶牛爷说：我船就拴在这里，你回来路过的时候，再拿。

通往内曹村的山路上，走着顶牛爷。他匆匆的脚步，像急于到达草原的马蹄。但实际上，他是在登山，走陡峭和曲折的路。

他走到了那座脑子里再也挥之不去的房子，见到了那个醒也想梦也想的女人。她正在给脑瘫的儿子擦身，见他来了，很吃惊，但很快就不吃惊了，像明白他为什么来。她羞愧地低下头，就好像她做了什么对不起他或让他难堪的事。

顶牛爷径直去猪圈。他在猪圈里没有看到猪，连猪粪也没有。

他回到房屋里，站在继续给脑瘫儿子擦身的韦香桃身后，对她说：

我赔，全部赔。

韦香桃说：我没让蓝吉林讲给你晓得，就是不想让你赔。

我该赔。

猪是病死的，不是阉死的。

不阉肯定不死，我晓得。我好多年不阉猪了，用的还是过期的碘酒消毒。我来时查过了，怪我买碘酒时不注意看有效期。我其实不识字。猪是感染后才发病死的。

她开始给脑瘫的儿子换衣服，边换边说：我儿子成这个样子，我从来没怪医生。

我肯定赔你，保证赔你。可现在我只有十五块钱，我先给你十五块钱，不够的，我以后抓紧还。

顶牛爷说着把一沓钱递到韦香桃跟前，都是一元、五角、两角、一角叠在一起，参差不齐甚至支离破碎，像一块从泥沙里捡起来的豆腐。

韦香桃不接受，看都不看，像是没空。她继续给儿子换衣服。

他把钱悄悄放在她身后的凳子上，用一个红薯压着。

她给儿子换好衣服，然后抱住儿子，费劲地把他抱起，从堂屋往里屋挪去。她儿子看上去瘦弱，但她抱走却很艰难，像抱着一根阴沉木。

他不容她愿不愿意，从她怀里揽过她儿子，到他怀里。

他抱她儿子进了里屋，放在床上。她给她儿子盖上被子，用儿子垫在下巴的毛巾，擦拭他刚流出的口水。她麻利、细心的动作，让顶牛爷心酸。她活泛、丰腴的身躯，再次让顶牛爷心动。

顶牛爷说：我以后来帮你干活。

韦香桃说：不用。

我用干活来赔钱。

不用。

就这么讲定了！

顶牛爷说到做到，他立马出了里屋，又走出房屋，去找活干。

他干了半天重活，或者说干了该男人干的活，直到韦香桃喊停。

他吃着韦香桃煮好的饭菜，喝了她借来的酒，感到特别爽。

他吃饱喝足后，要回上岭。

韦香桃将他留的十五元钱还给他。他推拒。

韦香桃说：不把钱拿走，以后你别来干活了。

顶牛爷把钱收回了。

他果然又可以来韦香桃家，干活。一个孤儿寡母家的活路，有很多。砍柴、耕种、护理、浇灌，屋顶漏光和漏雨了要换瓦片，晒台动摇了要换柱子，刀钝了要磨，缸和锅破了要补……他间断地来，其实是常来，做着这些。

韦香桃也习惯了他来，喜欢他来。他哪天不来，便盼他来。

这天，隔了好多天不来的顶牛爷来了，挑着两头猪崽。两头猪崽被放进空了几个月的猪圈里，活蹦乱跳，像小孩进了新的学校。

顶牛爷对身边给猪喂食的韦香桃说：这猪都阉过了，考验了一个月，不死就不会死了。

看猪吃食的韦香桃说：我不晓得，以为你没把阉活丢了呢。

顶牛爷说：丢了好多年，又捡起来了。阉死的那两头，就当是练手，重新交了学费。

这两头算是我买，欠你钱。我现在没钱。等这猪养大了，卖了，就还你钱。

我不是这个意思。我不要钱。这猪是赔你的。

你赔过了。在我家，干了那么多活。

干活不算。

不算算什么？

我想，你别把我当外人。

她能听懂他这话的意思，仍看着猪说：我们没那个可能的。

我是大你太多了，可是……

不是大小的事情。她打断说，并转头看他。

那是什么事情？

我家里的事情，你又不是不晓得，没看见。

那不碍事，我不怕负担，我来负担。

你哪这么快有钱买这两头猪？

我赊我弟的。

韦香桃把头转向，看着猪圈的茅草顶盖，脸色黯然。

顶牛爷说：我重新干阉活就是。这活儿还是能挣些钱的。

那以前怎么把这活儿丢了呢？

阉这门活，不人道，不积德。我觉得我打那么多年光棍，跟我做的这门活路有关，是报应。

你有老婆呀，我晓得。

有过。

她怎么跑的？

不是跑，是我放她走的。

为什么？

为她好。

为什么想我不把你当外人？

为你好。

韦香桃的头又转向，重新面对顶牛爷，说：

你姓樊，不姓顶，人们为什么叫你顶牛爷？

因为我老爱跟人顶牛。

我以为最牛的顶呱呱的人，才叫顶牛爷呢。

我努力成为你以为的这种人。

你努力多少年了？

我从小就努力，到今年六十五岁，还在努力。

韦香桃忽然变脸，笑逐颜开，说：

你继续努力，努力到八十岁，也许你就能成为顶呱呱的最牛的人！

顶牛爷懵了。

从韦香桃家出来，顶牛爷去找蓝吉林。他想聪明伶俐并且常拿他小恩小惠的蓝吉林，能答疑解惑，甚至帮大忙。

蓝吉林家的房屋比他死了的堂哥的房屋，也就是如今韦香桃的房屋，还要破，因为韦香桃的房屋，被顶牛爷简单修补过了。蓝吉林和母亲住在一起。顶牛爷进家寒暄后才发现，四十出头的蓝吉林还是单身，也就是仍打光棍。

顶牛爷问蓝吉林的母亲：姐姐，我看吉林腿脚勤快，脑子灵活，怎么也找不到老婆呢？

蓝吉林的母亲说：他是癞蛤蟆，总想吃天鹅肉。鹅肉又不吃，讲鹅肉和天鹅肉不一样。哪里有天鹅肉给你吃呀？

一旁的蓝吉林挥手将母亲赶进了里屋，他知道顶牛爷来找他，有事要说。

顶牛爷递给蓝吉林一支烟后，说：我和香桃来往的事情，想必你是晓得的，也经常看见。可是她对我一忽儿热，一忽儿冷，是为什么？

蓝吉林抽着顶牛爷的烟，却不客气地说：不光我晓得我看见，全村人民都晓得都看见了。我的态度和看法是，第一，香桃不是你叫的，至少目前不能叫，没资格叫。我也是偶尔叫一下，在她还是我堂嫂时我根本就不敢叫。第二，她为什么对你热？因为你帮她干活，是她家的短工，讲是长工也行。
她为什么对你冷？因为你对她动歪心思，想讨她当老婆。她
当不成你老婆，自然就对你冷。

顶牛爷说：我除了年纪大，其他方面还是和她蛮般配，
蛮合得来的。可是她又不嫌我年纪大，那嫌什么？

蓝吉林说：嫌你穷！哦，你以为你有条船，就是富人啦？
每天捕得几条鱼，就无忧无虑啦？什么般配合得来，差得
远咯！

顶牛爷说：我觉得她主要是不想连累我，她有一个残疾
的儿子。

她还有个大学生儿子呢！等她儿子大学毕业分配工作，
当干部有固定工资领，光彩得很！

可目前她是困难的呀，不想为难我。她是好心。

蓝吉林烟瘾大，几口就抽完了。他把烟蒂丢在木地板上，
用脚踩灭。然后说：

你死了这条心吧。我也是好心。

从蓝吉林家出来，顶牛爷呆头呆脑往上岭村走，越走越
糊涂，越想越不甘心，他又折了回来，去找韦香桃。

他直通通对韦香桃说：嫁给我。

韦香桃正端着一碗玉米粥，准备喂儿子，被顶牛爷的露

骨表白吓了一跳。她双目圆睁，嘴巴大开。粥碗掉到地上，烂了。洒在地上的稀粥，慢慢洇开，像蠕动的虫群，从两人的脚中间经过。

顶牛爷攥住韦香桃的一只臂膀，把她拉过一旁。挪动位置后，他没有松开攥住臂膀的手，还加上了另一只手。他双手把着她的臂膀，像新司机把着方向盘，兴奋而紧张。他此刻只有一个念头，就是不能放手，一旦放手，她就会跑掉，就像汽车失控乱窜，甚至掉下山崖，车毁人亡。

好在韦香桃没有推拒或反抗，她柔软顺从，像一只落单后获得认领的羔羊。她甚至主动前进，靠在了他的胸膛上。

他拥抱着她。女人的肉体和气息，顿时像翻滚的蟒蛇和漫卷的风沙，吞没着他这个多年没碰过女人的男人。他感到一种窒息的快乐和蓬勃的痛苦，在沐浴他，煎熬他。

他接着表白：我能养活你。

……

连你儿子，我都养活。

……

我上门也行。

她在他的拥抱中，本来只是听，没法答应，但这个男人说多了，说到上门的份儿上了，不答应他是不会放手的。他已经抱得够久了。她下了狠心，说：

我要问我儿子。等他放假回来。只要他同意。他同意，我们才可以在一起。

顶牛爷放开了韦香桃。他似乎满意她的回答，对她嘿嘿地笑了两下。对她脑瘫的儿子也嘿嘿地笑了两下，像是需要同意的是这个儿子，尽管他知道不是，而是另一个正在读大学的儿子。她在读大学的儿子蓝昌福，是她的主心骨、顶梁柱，是她命运的主宰、舵手。他仿佛是九五至尊，金口玉言。她想嫁给顶牛爷，她自己愿意不行，她儿子同意才行。

他开始等她儿子蓝昌福放假。

每天清晨，他就到河里去，划船在码头附近转悠，看上去像是捕鱼，但其实一条鱼都捕不着。因为鱼很聪明，不会在人来人往的地方聚集。这么看来，老渔民顶牛爷是笨了。在没鱼的地方捕鱼，相当于在没草的地方放牛放羊。他怎么突然变得这么笨？笨到半天捕不着一条鱼，还不懂得挪地方，还在码头附近坚守，守一整天。码头艄公收工回家了，他才回家。

他其实是在等她的儿子。她读大学的儿子放假回来，要省车钱和抄近路，必经过码头和这条河，没有另外的通道。

进入腊月，春节临近，她儿子快回来了，该回来了。

腊月十七这天，她儿子蓝昌福回来了。一个二十出头的小子，登上了艄公得康的船。艄公得康看了看小子胸口佩戴的校徽，迅疾朝不远处的顶牛爷做了个手势，就是发信号。这是顶牛爷和得康约定好的。顶牛爷收到信号，立即将船朝码头划去。他的船尾随艄公得康的船，从这边的码头驶向那边的码头。他听到得康和蓝昌福的对话——

　　得康：蓝昌福，你妈订了一条鱼，在我船上。

　　蓝昌福：是吗？可我妈不晓得我哪天回来呀？

　　是呀，在我船上养了好多天了，你哪天回来，就哪天带回去。

　　你摆渡，还有空捕鱼呢。

　　鱼不是我的，是捕鱼的人寄放在我这里的。你妈跟捕鱼的人订的鱼。

　　哦。

　　渡船靠岸。艄公得康从前舱拎起一条鱼，是约半米长的芝麻剑。他将鱼放进提桶里，交给蓝昌福。

　　蓝昌福说：我妈付钱了吗？

　　艄公得康说：这个你不用管。

　　蓝昌福一手拎着行李一手拎着提桶上岸。他忽然回首，看着渡船，发现渡船后面还有一只船。那尾随的船上站着一个穿蓑衣戴草帽的老头，正朝他张望。他猜想老头或许就是捕鱼的人，因为信不过或不放心艄公，才一直跟随，监视鱼的交付。不管猜想对不对，他举了举提桶，还冲着老头笑了笑，然后继续上岸。

待蓝昌福走远不见了，顶牛爷上了艄公得康的船，给得康烟抽。

得康抽着烟，说：他拿走这条鱼，八字多了一撇，我看成了。

顶牛爷嘿嘿笑，说：功夫不负有心人。

得康说：你一年捕的鱼，最大也就是这一条，还白送人，你够舍得。

顶牛爷又嘿嘿笑，说：舍得舍得，有舍，才有得。

等回了韦香桃读大学的儿子，剩下的就是等她儿子的同意了。

顶牛爷等啊等，等到春节，又等过春节，韦香桃一直没有回音。她应该是等时机跟傲娇的儿子开口，不能急，得一点一点地吐露，像一针一线织一幅锦绣。

阳春三月，花红胜火。上岭小学开学了，难道大学还不开学吗？韦香桃的儿子蓝昌福回校上课了，顶牛爷从艄公得康那里得到确认。那么，决定或结果，一定是有了。

顶牛爷上内曹村韦香桃那里，要结果。

他在半路遇到蓝吉林。

蓝吉林似乎是专程为顶牛爷而来，他把顶牛爷堵住，说：你别去了。

顶牛爷愣怔，他感觉到情况不妙。

我是来传话的。蓝吉林说，韦香桃的儿子不同意。韦香桃也不同意。我们整个家族都不同意。

顶牛爷脑袋一片空白，喉咙卡顿，连一句为什么也说不出口。

蓝吉林说：你是不是当过国民党兵？

顶牛爷点头。

这就是不同意的原因。蓝吉林说，我侄子是大学生，将来毕业是要分配当国家干部的，是要当官的。假如有你这么一个当过国民党兵的继父，他就没有前途了，晓得吧？

顶牛爷点头，表示明白了。

他转身回了上岭。

从此，他再没去往内曹村，再没见内曹村那个他想娶的女人。直到十六年后他满八十一岁，他有了钱，他当国民党兵的经历不再被歧视，他的身体仍然很健康，他埋藏的欲火被村人和亲人煽动、挑拨，死灰复燃，于是，那个恼人的内曹村不再恼人，那个他想娶而娶不成的女人，水到渠成唾手可得。

只要他肯花钱，把钱花出去。

他首先把钱花在她脑瘫的儿子身上。

顶牛爷当年与韦香桃来往时，她脑瘫的儿子十八岁。中断来往十六年，那这儿子便是三十四了。他叫蓝昌寿，对一个从两岁就脑瘫的人来说，活得是够长的了，生命力极其顽强。他除了脑子不开窍、不发达，其他器官还算是发育正常的，像是一棵长枝吐蕊只是不挂果的果树。他能活到现在并且逐渐可以活动，无疑得益于母亲的不放弃和坚持不懈地按摩、启发及扶持。也正是他的存在，让许多想娶他母亲的男人望而生畏，打退堂鼓。让其实对他母亲甚至对他念念不忘的顶牛爷，有了重续前缘的机会。

八十一岁的顶牛爷是不方便登山去内曹村了，他不能亲自登门与韦香桃说事，主要是面子问题，但强调的却是腿脚的问题。他现在是有钱人了，得端有钱人的架子，摆摆谱。他在这点上听从了亲人们的劝告，按兵不动，只通过别人去传话，把愿望、温暖和福利送到韦香桃那里。

韦香桃接受了。

第一步，便是送二儿子蓝昌寿去治病。

蓝昌寿被抬下山来。这是他三十年来第一次离开深山。他上一次离开深山，是五岁前，为了治病。这一次也是为了治病，但境遇和意义与以前有大不同。一是医院不同，以前去的是县医院，这次要去的是省城的医院。二是发愁的地方不同，以前是为钱发愁，这次是为治好与治不好发愁。三是护送的人不同，以前是亲生的父亲母亲，这次只有母亲，还有一个不是父亲胜似父亲的男人。

这个男人就是顶牛爷。他在山下等着，坐在一辆房车里。当他得知蓝昌寿们从山上下到山下了，便从房车里出来，温和地迎候。蓝昌寿被他的堂叔蓝吉林抱上车，安放在床上。他的母亲韦香桃跟着顶牛爷上车，坐在一张舒服的沙发上。房车上有两个女孩，一名是护士，一名是覃小英的秘书。刚刚好，再上人就显得拥挤了。女秘书卡在车门口，给不能随车的到此为止的内曹村人，每人数十张钞票。领到钞票的内曹村人围成一团，看着崭新的连号的第一次接触的一百元面额的人民币，嘀咕和讨论了半天。等他们散开，想向出发的韦香桃母子送去祝福或向发钱的人提出疑问时，发现房车已经一溜烟跑得没影了。

开往省城南宁的房车上，两个隔离十六年没接触的相好坐在一起，像两盆在山林分开却在市场重合的花木。时隔多年，她虽枯黄，却还芬芳，他已老迈，仍然硬朗。他和她的心跳都像小鹿在撞，甚至彼此听见。他俩的目光不时对接，像两根渴望和努力变成一根的断弦。山区的路又弯又长，他们希望车走得越慢越好。车里的光线亮堂，他们盼着天黑。黑暗中别人看不见，他们好勾手。

行小半天，车子便到了南宁，直接驶进医科大附属医院。

蓝昌寿住进了提前联系和定好的病房。这是单人病房，偶尔有钱人也能住。蓝昌寿是以富商覃小英侄子的名义住进来的，只是他不知道有这么一个富婆"姑妈"而已。

从儿子上了房车或住上单人病房的那时起，便没母亲韦香桃什么事了。她目睹从前猪狗不如或生不如死的儿子，如今被百般善待，细心呵护，如众星捧月。仿佛母因子贵，她也被周到地照顾着，住宾馆或住到覃小英家里，由她挑选。她无所适从，征求顶牛爷的意见。

顶牛爷说：住小英那里吧。她是我妹。

南宁邕江边超级豪华的一幢别墅，住进来自穷乡僻壤的三个人：顶牛爷、韦香桃，以及蓝吉林。他们一进门便换鞋，也可以不穿鞋。蓝吉林便光着脚，因为他一眼就看见了地面毛茸茸的毯子。他光脚走在毯子上，感觉从未有过的舒服和温软。温软的体验，他是有过的，那是踩在牛屎上。毯子的温软和牛屎的温软，原来是大不相同的，就像大房子有贵贱之分一样。比如眼前这幢楼房，宽敞亮堂，镶金贴玉，色彩纷呈，纤尘不染。它跟农村同样大的房子比，就像毛毯和牛屎、芝麻剑鱼和草鱼、凤凰和麻雀的差别。他把他的猜测和想象发挥到了极致，问顶牛爷：

建这幢房子，要花个两百万吗？

顶牛爷说：我也不晓得，等小英回来，你问她吧。

很晚的时候，富态的覃小英回来了。她醉醺醺却兴冲冲的，鞋也不脱不换，跑向起立的顶牛爷，搂抱顶牛爷，说：

我好想你，大哥。

顶牛爷不说话，轻轻推开她。她看见沙发边也已经起立的韦香桃和蓝吉林，走到韦香桃跟前，抓着韦香桃的双臂，边端详韦香桃边叫唤：

大嫂。

韦香桃的脸倏地红了，像要生蛋的鸡一样。

覃小英接着说：大嫂对不起，我知道你和我大哥来了。但今天我有重要应酬，这么晚才得回来见你们。

韦香桃只是笑，没有回话，像是羞赧或乐得说不出话来。

　　覃小英接着一边牵着顶牛爷，另一边牵着韦香桃，将他们拉上二楼。她用脚推开一个房间的门，把顶牛爷和韦香桃拉进去，才撒开手，说：

　　这是你们的房间。很晚了，你们先睡。不多说了，明天我们再聊。我也累了。

　　顶牛爷与韦香桃见房间里就一张大床，不由得面面相觑，待反应或醒悟过来，覃小英已经出去并把门关上了。

　　他和她看似不得已其实也默认了同处一屋。这屋的床像一艘大船，占了房间的一大半。他们坐在床沿，手勾搭在了一起。是韦香桃主动的，她觉得她儿子和她享有这么好的待遇，是眼前或身边这个男人的功劳。她得感谢他，也是报答他的时候了。

　　触摸着隔离十几年仍然喜欢的女人的手，顶牛爷冷血变热了，或者凝血变得活泛起来。他周身温暖通畅，阳气蓬勃，可以随心所欲，像船行在平静开阔的河面上，没有任何障碍。

　　障碍在顶牛爷与韦香桃即将翻云覆雨的时候突然出现了。她的两个儿子在他的脑海忽然涌现，像两座冰山，横亘在他和她之间，阻断他和她要做的事情。

　　紧急刹车的顶牛爷惊魂甫定，像刚躲过一劫或救人一命，他看着仿佛被他救了的女人韦香桃，说：

还不到做这个的时候，我觉得。

莫名其妙的韦香桃不说话，她像一艘都靠岸了又被推开的船，纳闷地面对拒绝她的人。

昌寿的病还没治好。还有，昌福还没正式同意呢。

听到顶牛爷说出不能行房的原因，韦香桃摸了摸他刚冒出细汗的脸，说：在别人家做这种事，也不好，会给别人家带来晦气。

顶牛爷说：我倒没顾虑到这点。这是我妹妹家。

她原来不是你老婆吗，怎么又变成妹妹了。

老婆没做成，自然就变成妹妹了。

刚才差一点，我就是你老婆了。

等你一个儿子治好，另一个儿子同意，他们都是我儿子。

昌寿以前治不好，是因为没钱。昌福原来不同意，是他脑子糊涂。

昌寿肯定能治好，现在我们不缺钱。昌福脑子可不糊涂，他现在当官了。

昌寿治好后，昌福就可以成家了。他至今没成家，就因为他这个弟。

昌寿也要成家。他们两兄弟，都要幸福。

托你的福。昌寿治病，肯定要花好多钱。

小英有的是钱。

我们今天来，没见小英的……没见妹夫哦。

我上次来，见了一面。

他们真忙。

……

一个寡妇和一个鳏公躺在一张床上，不做事，只聊家常。聊着聊着，困了，都睡着了。灯也没熄。

顶牛爷和韦香桃起床下楼。他们看见覃小英和蓝吉林在楼下，边吃早餐边有说有笑。蓝吉林眼睛瞪得比手里的鸡蛋大，像是已经知道这幢房子不止两百万，而是两千万。顶牛爷和韦香桃听见他对拥有这幢两千万房子的女人说：我们内曹村和上岭村所有的房子加起来，恐怕全乡的房子加起来，都不值两千万。

房主覃小英分别点了点戴在双手的两个翡翠手镯，说：其实房子，还没有我这两个手镯贵。

已来到餐桌边的韦香桃见闻，吓得后退，生怕碰坏了手镯一样。

覃小英当即撸下其中一只手镯，递向韦香桃，说：大嫂，这个给你。

韦香桃头摇得像拨浪鼓，不敢接。

覃小英走过去，攥起韦香桃的一只手，硬生生地把手镯给她戴上。

韦香桃的身价立马涨了一千万。她差点就晕了过去。

送出一千万手镯的覃小英兴高采烈、轻轻松松，像是庄稼人送别人一包玉米那么便宜、简单。她对一旁咽口水的蓝吉林说：你也有。方便的时候，去我的珠宝店，挑一样。

蓝吉林急忙点头，放下碗筷，说：我现在就方便。

覃小英说：好呀，等陪大哥大嫂吃完早餐，你跟我走。

蓝吉林看看默默吃着东西的顶牛爷，想到什么，看看覃小英，征求说：顶牛爷也该有的。

覃小英看着身旁的顶牛爷，深情或情不自禁地依偎着他，骄傲地说：他不需要。他本身就是一尊金佛，我的佛，大家的佛。

顶牛爷依然默默吃东西，覃小英对他的夸奖和神化，他像没听见。

吃完早餐，韦香桃由覃小英的秘书带着，去医院看儿子。

蓝吉林与允诺他的覃小英出去，再回来的时候，他的脖子上已经多了一样金光闪闪的东西，是一条金链子。金链子有小指那么粗，像缠在树上的一条金环蛇，让顶牛爷看了极不顺眼。蓝吉林还把金链子从脖子上取下来，向顶牛爷炫耀：

这是店里最粗大的一根，三百五十克，七两重，我选了它。

顶牛爷说：在我船上挑鱼，你也是挑最大的。最大的鱼不一定最好吃，就像最大的金链子，就好看吗？你觉得好看吗？我觉得不好看，土豪才这个样子。

蓝吉林说：这你就不懂了，鱼能和金子比吗？贵重贵重，金子重就贵。土，我不在乎。土豪，关键我要后面那个豪字！

你够狠。

不是讲让我随便挑吗？那我就挑咯。

蓝吉林，你不觉得乞丐捧着金碗讨饭，还是乞丐，不觉得害臊吗？

这是我该得的！蓝吉林脱口而出，气足声大。你和韦香桃的亲事，我是有贡献的，是功臣。

都讲讲，你有什么贡献？

蓝吉林像准备了一肚子的话，和盘托出：

韦香桃是我的堂嫂。她年纪还轻的时候，我堂哥就死了。我堂哥死的时候，我光棍一条。我本可以娶了韦香桃的，顺理成章。但是我没有娶。我忍痛割爱，把她留给你。当初我要是把韦香桃娶了，能有你和她今天的黄昏恋和夕阳红吗？我把这么好的女人让给你，这是不是贡献？

你和韦香桃，有没有发生过……那种事？

蓝吉林见顶牛爷问得严厉，表情严肃，急忙说：没有，绝对没有！

我不大信你。

你放心，我就是有那种想法，韦香桃也是不会顺从的。别看她命苦，其实是一个心气很高的女人。她看不上我的。

你敢发誓？

我发誓。我要是与她有过那种事，天打五雷轰！

顶牛爷见蓝吉林信誓旦旦，心里的一块石头落地，他对金链在手的蓝吉林说：昌寿的病治好，你这根金链子，才能戴得踏实。

脑瘫的蓝昌寿在广西最好的医院治疗脑瘫，手术的时候还请来了上海的专家主持。手术很成功，痴呆了三十多年的他终于开窍了。他逐渐像正常人一样思考、说话和走动。在不久的将来，他还能像健康的男人一样，娶妻生子，体味人生的甘苦。

大家心里明白，也都看在眼里，蓝昌寿的病愈，与其说是医生治好的，不如说是钱造化的。三个月的精心治疗，陪护家属的吃喝拉撒睡，究竟花了多少钱，恐怕连出钱的覃小英都不知道。她或许知道，只是不肯说。这个富贵而慈悲的女人，对恩人的种种愿望，在所不惜地帮助实现和满足。她对恩人有求必应，不是菩萨胜似菩萨。对于恩人的不睡之恩，她也只能用钱来报答。而对恩人的完婚之愿，她也只能花钱去帮助。治愈韦香桃的儿子，恩人的完婚之路便迈出了一大步。尽管她自己的婚姻，早已亮起红灯或名存实亡。她的丈夫在外面养有女人，并有了私生子。这都是钱造的。钱既能造福也能造孽。只是造孽的事情，覃小英尽力掩藏，不让顶牛爷和其他人知道。

蓝昌寿出院了。临别南宁和覃小英前夕，邕江边最豪华的别墅里灯火通明，觥筹交错。除了顶牛爷、韦香桃、蓝吉林和蓝昌寿，又添了不少上岭及内曹村人。他们像一大家子欢欣鼓舞，开怀畅饮。

蓝昌福来了，来接他的弟弟和母亲。他现在在 H 市 Y 县当副县长，公务繁忙的他出现在家庭中，让所有人喜出望外。

他似乎也是来同意母亲和顶牛爷的亲事的，看他对顶牛爷满意的眼神，看他频频主动给顶牛爷敬酒，俨然是认可了顶牛爷做自己的继父或亲人。而且，他已经称覃小英为姑姑了。这个从天上掉下来的姑姑，是他弟弟的救星，也能成为他的救星。他现在迫切需要一大笔钱，希望得到姑姑的支持。但他难以启齿，或者说不好意思向姑姑开口，而通过顶牛爷索取，便是最保险的手段。在得到这一大笔钱之前，他不会表态同意母亲和顶牛爷的亲事。他对顶牛爷亲热的眼神和举动，不过是为钱铺垫而已，就像钓大鱼之前先打窝一样。

多数人困倦或酒醉，蓝昌福抓住了与顶牛爷独处的机会，与他谈判。

在茶室里，蓝昌福沏茶，敬顶牛爷茶和烟，像个懂事和孝顺的孩子。他开始倾诉，从十六年前他不同意母亲与顶牛爷的亲事谈起，为顶牛爷那个当过国民党兵的荒唐缘由后悔和道歉。接着，他讲自己的成长。他大学毕业，分到Y县团委，在团委入党，当团委副书记，再当团委书记，然后下乡当乡长，接着当乡党委书记，踏踏实实，一步一个脚印。三十一岁的时候，当上Y县副县长。他今年三十六，就是说当了五年副县长了。他当副县长这五年，很努力，也很辛苦，但仍然原地踏步，没有进步。他想进步。

顶牛爷用心和耐心听着，以为蓝昌福讲完了，说：你该成家了，可以成家了。成家要用钱，我让小英帮你。你都叫她姑姑了，她也应了，她会帮你的。

蓝昌福听了，摇头，表示顶牛爷误会他要表达的意思了。我确实要用钱，但不是为了成家。他说。

顶牛爷说：你现在这个年纪和情况，还有什么比成家更重要的事？不光你要成家，你弟弟也要成家。你是哥哥，先带头。成家要花多少钱，我让姑姑给。

我想再上一级，才成家。升级比成家重要。

什么是升级？是打牌吗？

升级就是升官。跟打牌也差不多，我想成为赢家。

这关钱什么事？

没有钱，不花钱，我就很难升上去了，我以为。我需要钱打点有关领导。

我听明白了，你想用钱买官。

买官难听，但是这意思。

顶牛爷瞪着要钱买官的蓝昌福，说：

昌福，用钱买官，我不同意。

也就三百万左右，对姑姑来说不多，依你对姑姑的恩情，她会给的。

这不是钱多钱少的问题。昌福，做官升官，不能走歪门邪道。

我也不想这样，都是迫不得已。

这等于打牌偷牌，出老千，很不光彩。不光不光彩，还遭人恨，要被剁手的。买官卖官比偷牌出老千更严重，是犯罪，要坐牢的。

蓝昌福这时也朝顶牛爷瞪眼，说：你同意花钱帮我升官，我就同意我妈和你成亲。

顶牛爷愣怔，说：这样呀，这不对吧，这两样事不应该扯在一起的。

我不同意，我妈就不敢同意。

我不同意，姑姑就不会为你花这个钱。

你不同意，我叫姑姑就叫早了。

你不同意，我和你阿妈会很难过。

你和我阿妈难过，我更难过。我还年轻。

我和你妈都老了，我更老，没多少年可活了。你还不同意我和你妈成亲。

跟我妈成亲是有条件的。你不同意我提的条件，我就不同意你和我妈成亲。

你要钱做其他事，比如买车买房，我都同意。就是买官，我不同意。

半夜三更，顶牛爷和蓝昌福唇枪舌剑，眼瞪眼，像两头势不两立的老公牛和年轻公牛。最终，老公牛气急败坏或体力不支，倒躺在沙发上，睡着了。可能是酒喝多了，鼾声挺大，像打雷。临近夏天的南宁已十分燥热，蓝昌福离开茶室时，还把空调关了，像是预防他着凉。

顶牛爷一大早醒来起来，发现别墅静悄悄的。他挨个楼层和房间去看，空无一人。他慌忙出了别墅，不见人影，又垂头丧气地回来。

他坐在客厅里发呆。那只覃小英赠予韦香桃的翡翠手镯摆在茶几上，发着寒光，等于一千万摆在那里，他都看不见，或视而不见。

覃小英从外面走进来，也是垂头丧气的。她不知不觉，坐在顶牛爷身边。

顶牛爷发觉是覃小英，说：他们都走了。

我送他们走的，覃小英说，不想惊扰你。

你晓得是因为什么事吗？

我不知道。我只知道，韦香桃，我叫不成大嫂了。

都是钱闹的。

她不贪财，一千多万的手镯，坚决退了回来。

她一个儿子的脑瘫治好了，另一个儿子的脑又坏掉了。

覃小英像猜测到了什么，说：其实，我什么钱都可以出的。

顶牛爷说：花钱做坏事，我这坎过不了。

可是大嫂飞了呀，我也没法做孩子的姑姑了。

飞了就飞了，她比我年轻。我都八十一，快八十二了。

我花钱找一个比她更年轻的，做我大嫂。

我再也不花你的钱了。

为什么？

没用。

我有钱，只有钱，你的恩情，我只有用钱报答你。

人死后，钱不能带进坟墓里去。

你能活一百岁，超过一百岁。

我能吗？

能，一定能。

……

顶牛爷今年一百岁，他的这些事，发生在他八十一岁那年，也就是有十九年长的故事了。

第九章

金　牙

四颗金牙在顶牛爷嘴里闪闪发光，像是暗夜田垌飞翔的萤火虫。

　　我六岁的时候，就知道顶牛爷的嘴里有金牙，与知道他头上长角的时间是同步的。但是他头上的角，我至今没有见着。他一百岁了，我五十六。我每次与顶牛爷在一起或碰面，他都戴着帽子。他破了换破了再换的帽子，像是灶上锅头永远滚烫的锅盖，使我一直没有机会掀开它，摸一摸哪怕看一看他头上的角。但是他嘴里的牙，我是看得一清二楚的。只要他一讲故事或往事，就不得不露出他的牙齿，就像一揭开锅盖锅里是饭是粥都一目了然一样。

　　顶牛爷给我及我同龄的孩童讲故事的时候，他的牙齿便露出来，甚至先于故事或声音夺人眼目。他总是张开嘴后，才决定讲什么故事或哪个故事，于是他的两排牙齿就上下咬合着，噼噼啪啪，或滴滴答答，就像舂着没有谷禾的舂碓，或者像我多年后使用的缺失纸张的打字机，看不见实际的东西或内容。遇到这样的时候，他的牙齿就特别引人注目，就像夜行的灯。

顶牛爷嘴里的金牙，在一同听讲故事的孩童中，是我最早发现的。我发现他讲到动情或忘情处，嘴巴就张开着不动，或合不拢嘴，像是喉咙或心坎被坚硬、尖锐的东西卡住或刺痛一样。于是他的全部牙齿便被细心的我看到和看清，两排参差不齐、颜色不一的牙齿，像是玉米棒上两行怪异的玉米粒一样，让我疑惑和好奇。

在他多数非黑即白的牙齿中，我发现有几颗闪着金光。后来我确认是四颗。四颗别致的牙齿分布在上下牙床，但都集中在最里面，是磨牙的位置。它们光滑饱满，比其他的牙齿都大，是顶牛爷嘴里最好看的东西，像牛粪上的花朵。

我知道那是金子做的牙齿，是一次顶牛爷与我独处的时候，亲口告诉我的。我把家里炖熟的半个猪蹄偷来，送给顶牛爷。顶牛爷啃着猪蹄，满嘴流油，像是啃着冒出汁液的甘蔗一样。因为有油的润滑，他的牙齿就显得贼亮，尤其那四颗往时闪着金光的牙齿，此刻更加光彩刺目，像是被阳光照耀的四棵春笋。顶牛爷终于注意到我老是盯着他的嘴，像是知道我对他嘴里的什么东西感兴趣，说：

你是不是想晓得我嘴里那几颗不一般的牙齿，是什么东西做的？

我点头。

是金子做的。顶牛爷说。他看了看啃得只剩一小截骨头的猪蹄，看着我，像是吃水的看着挖井的人。你答应我保守秘密，我就把秘密告诉你。

我又点头。

于是顶牛爷对我讲述了金牙的来历——

抗战的时候，有一次战斗中，顶牛爷身边的一个战友中弹倒下了。他是顶牛爷战友中最好的战友，好得像亲兄弟一样，叫韦元生。韦元生倒下的时候还没死，血仍然从胸部的伤口噗噗往外冒，像喷泉一样，无论顶牛爷怎么堵也不能止住血。韦元生努力地挪动一只手，架在了顶牛爷的一只手上，试图把顶牛爷的手拉开，仿佛是阻止他做无用功的行为，也像是想牵引他的手去往别的地方。顶牛爷看韦元生闪烁的眼神，断定韦元生用他的手另有他途的可能性更大。他腾出一只手往别的地方摸，摸一处，看一次韦元生的眼神，一看眼神不对，继续往别处摸。自上而下，从上衣摸到裤裆，顶牛爷摸着了一坨硬物，一看韦元生的眼神，发现他的目光如炬，像是命门打开了一样。硬物在裤裆里，与裤兜贴近但又不在裤兜里。顶牛爷解脱了韦元生的裤子，扒开，发现硬物在裤兜背面被一块厚布缝得严严实实。他将布条撕开，取出硬物——

是一坨金子。

金子像一个人的拇指，大小和形状均像，只是颜色和硬度不同，因为它是金子。

顶牛爷大概知道韦元生有一坨金子。韦元生跟他炫耀过。半年多以前，台儿庄战役结束不久，韦元生兴奋而又玄乎地对顶牛爷说，我有一坨金子。顶牛爷说在哪里？给我看看。韦元生摇头说我藏好了，不好拿。顶牛爷看着同是督战队队员的韦元生，说你为什么有一坨金子？他言外之意是为什么你有而我没有。韦元生说我福大。顶牛爷说一定是逃兵贿赂你的，是不是？韦元生慌忙说不是，是团长赏给我的。顶牛爷说团长为什么赏你金子？韦元生说我用胸膛替团长挡子弹，救了他的命。顶牛爷看着好端端的韦元生，说你怎么没死？你的身子是铁打的？韦元生说子弹刚好打在我护身的虎骨上，跑飞了，虎骨也开裂了。团长看着裂了的虎骨，后来就拿一坨金子与我换，其实是赏我，虎骨没有金子贵。顶牛爷看着像捡了大便宜的韦元生，说没命，金子就是一坨屎。

此刻，看着奄奄一息的韦元生，看着无法救命的金子，顶牛爷说：你要是把金子放在胸口上，挡住枪子儿，就没事了。可为什么偏偏要把金子藏在裤裆里呢？

韦元生用尽力气，断断续续地吐字，拼凑起来的意思是，托顶牛爷将金子交给他妹妹。他吩咐完，便断了气。

金子在顶牛爷的身上，跟随顶牛爷南征北战。成年累月，它像是一个宝贝，让顶牛爷底气十足，因为他拥有着比同等人优裕的资本，尽管这资本只是暂时拥有，他终将转交韦元生的妹妹。但是没转交之前，保管权是他的，甚至所有权也可以是他的，因为金子的秘密或来龙去脉，只有他一个人知道。他其实可以将金子据为己有的，如果他想的话。而顶牛爷没有这种想法，即使有他也不敢，所以好几年过去金子完好无损。但逐渐地，金子反而成为顶牛爷的包袱，脱不开又丢不得。它像是吸附在皮肉上的蚂蟥，让顶牛爷难受。他日日盼望着抗战胜利，无仗可打，那么他就可以回家，找上韦元生的妹妹，把金子交给她。

抗战胜利了，顶牛爷以为可以回家了。没想到内战又打起来，看阵势三五年是回不了家了，前提还得保住命。

说到保命，顶牛爷万分珍视，活着或求生的欲望从未有过的强烈。与日本鬼子拼杀七八年，都能活下来，现在更不能死了。如果死了，相当于把命搭给了同族同胞之间的斗殴，那太不值了。不过九死一生的沙场经历，也给了顶牛爷自信。他相信他能活下去，何况他渴望活着。

他担心的是保存在他身上已经七年多的那坨金子。命在，金子弄不好却丢了。那样他掉进黄河也洗不清，因为那不是他的金子。这之前金子就丢过两回。一回是洗澡的时候被人换错了衣服，另一回是负伤昏迷的时候在医院被换了衣服。这两回虽然都把金子找回来了，但每回都让他心惊胆战。金子不能再丢了，命在，金子必须得在。

顶牛爷决定把金子做成牙齿，镶在嘴里。这是万全之策，也是明智之举。他认为除此之外没有更好的办法了。

那是1946年，内战全面爆发，越发担心和紧张的顶牛爷在队伍开拔前，把金子做成牙齿。他在部队驻扎的城市，先找一个牙医，估量金子的大小可以做成四颗磨牙。然后他把金子带到某个金店，让金匠依据磨牙的形状，将他交给的金子做成牙齿。金子变成牙齿后，他把它们交给牙医。牙医将它们镶在了顶牛爷的嘴里。于是，四颗金牙开始在他嘴里，散发着异样的光芒。金牙在他身体里，像几个小精灵，跟他北战南逃，完整无缺，即使后来被俘虏、改造，也没有被发现和没收。

顶牛爷被俘虏后选择了回家当老百姓，便是与金牙有关。他保管金子已经太久了，而完成战友的嘱托，成了顶牛爷迫不及待的心愿。

这便是顶牛爷告诉我的金牙的来历或秘密。这是我的半个猪蹄换来的。但我知道这并不是秘密的全部，因为金牙至今还在顶牛爷的嘴里。我以为半个猪蹄只能换这么多。后来我又从家里偷来半个猪蹄，顶牛爷啃完猪蹄，却没有继续往下讲金牙的事。他对接下来的事守口如瓶，像是有难言之隐。他的眼神也没有流露，抑或通过眼神流露了，只是我看不出来，我那时候太小了。

我在顶牛爷逐渐变老的过程中逐岁长大，他六十，我十六，他七十，我二十六。无论顶牛爷老去或我长大成人，金牙依然在顶牛爷嘴里，像被乌云遮蔽或骄阳映照的冰山，隐藏着许多不解之谜，或闪耀着迷离的光芒。

我确定我十六岁那年，与顶牛爷生活的一个女人，离开了他。

那个女人离开顶牛爷的时候，还很年轻，应该不到三十岁。从年龄和传言判断、推理，她一定不是金主韦元生的妹妹。我不知道她姓甚名啥，村里人称她"埋公时"，这是壮话对某人妻的叫法，"埋公时"意思是牛爷的老婆。但平日里我是称她为伯娘的，因为顶牛爷与我同族同姓，与我父亲同辈但年纪比我父亲大，我称他伯父。

伯娘离开顶牛爷，我便不好称其为伯娘了。

我猜想女人的离开，或许与顶牛爷的性格或脾气有关。人们之所以称我这位樊姓伯父为顶牛爷，是因为传说他头上长角并且喜欢处处与人抬杠、顶撞。

女人离开的那天，我在村里。那是春天，春天的上岭村花红柳绿、草长莺飞，像一个女人当新娘的样子。几乎所有的村人都从房屋里跑出来，看热闹。

女人也似乎是兴高采烈地走的，像是翻身解放走向新生活一样。她穿着花红衣裳，拎着一个黑漆的箱子，快步地离开村子和围观的群众，像一只从笼里出来奔向旷野的锦鸡。

女人走后的村子，顿时像个冰井，凝固起来。所有人僵在那里，弄不明白是怎么一回事。女人都和顶牛爷过了好几年了，而且吃得饱穿得暖，为什么还要走呢？

但女人为什么来，村人大多是晓得的，查询加上猜想，大概是这么一回事——

她是顶牛爷捡回来的。具体地说，顶牛爷在去寻找另一个女人的路上，又找不着那个女人，却捡回了这个女人。

这女人被顶牛爷带来村子的时候，还是个姑娘家，留着长辫子。她又脏又瘦，像个带粪的丝瓜。夏天穿着棉袄，像个疯子。她只会讲汉话，听不懂壮话。

不过没多久，她就变样了。出现在村人面前的她白净、肉乎，有了人样。秋天穿着秋天的衣服，花俏、得体。壮话能听懂，还会说几句了。

这无疑是顶牛爷的功劳。他不仅救了这个当叫花子的女人，还把她养肉实了，而且，还很好看。村里面没有谁家的姑娘和女人，有她好看。

都说顶牛爷赚了。白捡了一个比他小三十多岁的女人，那肯定是赚了，像捡了一坨金子一样。那时候村里没有多少人知道顶牛爷嘴里有四颗金牙，即使知道也不相信，认为是假的或者是吹牛。但是他捡回并拥有这么一个活生生的漂亮女人，相当于或值得用一坨金子来买，甚至是金不换。

然而不过五年，女人却走了。从迹象看，是顶牛爷放她走的，不然她走得不会那么轻松、愉快。顶牛爷为什么要放她走？

缓过神的村人们回头涌向顶牛爷家里，慰问、询问甚至是逼问顶牛爷。

有人问：女人家为什么走了？

顶牛爷说：我放她走的。

有人又问：是不是你那家伙不中用了，没法喂饱人家，只好放人家走？

顶牛爷见问的人是个比自己还年轻的爷们，说：我们各用自身的家伙，挂半桶水上台阶，比试比试谁更强、耐久，谁输了赔一头牛。敢不敢赌？

那年轻的爷们想了想，不敢比试。在场的男人也没人敢。

依旧有人问：那是不是因为生不出孩子呢？怀不上的问题。你放她走，肯定是你的原因啦。

顶牛爷瞪着一旁附和并嘲笑的男人，说：要不借你老婆我用一个月，看能不能怀上？怀不上你阉了我！

嘲笑的男人变成被嘲笑的男人，他与顶牛爷吵架，最后打了起来。眼看要伤筋断骨的时候，两人被隔开。孔武有力的顶牛爷需要四个人夹住，而另一个只需要两个人就够了。对殴不成，骂架继续。

打架骂人，我都在场。

我看见顶牛爷张嘴骂人的时候，他的嘴就像一个铁锚，两排牙齿就像铁锚上的锯齿，锐利和瘆人。唯有那四颗金牙，平安、冷静地躲避在最里面，像隐藏在云深处的四颗星，连我都看不到它们的光辉。

我三十六岁那年，一个偶然的机会，我又见到离开顶牛爷二十年的女人。我作为某党刊的专栏作家，要采写一个女慈善家的报告文学。我手上有许多她的材料，本足够我写了。但我一看她的照片，跟顶牛爷曾经的女人很像，尽管体貌有了改变，我依然认出来，尤其是她那双乌黑透亮的大眼睛，像不变质和变色的老玉，一下子把我攫住。她一定是埋公时，但现在我知道她的真名实姓叫覃小英。我要去面见她。

覃小英也还记得我。即使不记得我，只要我一说上岭村，她就得动容。我再说顶牛爷，她肯定得动心。

我都说了。

谈到和谈起顶牛爷的覃小英，这个与顶牛爷生活了近五年的女人流着泪水。她讲述她逃难流离失所的时候，遇到了顶牛爷。他把她领到上岭村，领回家。名义上她做了他的老婆，但实际上没有。他们没有睡在一起，不是她不从，也不是他不想，而是他们中间隔着一个看不见的女人。这个看不见的女人是他死去战友的妹妹。他总是想她、惦记她和找她，像一个永远上满发条的钟表一样。但即使这样，她也不情愿离开顶牛爷，或不忍心离开。是顶牛爷放她走的，甚至是撵她走的。仿佛顶牛爷从收留她的时候就知道，她不属于上岭村，也不属于顶牛爷。上岭村只是她暂栖的地方，顶牛爷也只是临时保护她的男人。她迟早是要走的。果然不过五年，形势好转了，她终于联系上了她的家人，于是顶牛爷趁机把她撵走了。她回到了她的家，开始与家人做生意，发了。然后她嫁给与她家合伙做生意的家族的人，发大了。她感念顶牛爷的放手，像是把一条肥美的鱼给放生了一样，要不然，她将在上岭这口水缸里，在一个贫寒男人的照顾下，穷困一生。

你知道顶牛爷有……金子吗？我说。我不同意她顶牛爷贫寒的说法，因为我认为他不穷。他有一坨金子做成的四颗金牙，在当年，随便拔掉一颗，都可以用来做生意，或者建房。

她惊讶地看着我，诧异我的知底。我跟他生活了好几年，怎么可能不知道他有金子呢？是金子做的牙齿，一共四颗。她说。

说到顶牛爷的四颗金牙，覃小英眉飞色舞，像是讲起高兴的事一样。他就是用这四颗金牙把我撵走的，不说这四颗金牙，我还不痛快走呢。她说。

顶牛爷说：覃小英，走吧。别想着这四颗金牙，它不是我的，更不是你的。

覃小英说：那个女人你都找了多少年了，既然找不到，金子就是你的。我有没有份，无所谓。

顶牛爷说：既然你无所谓，为什么舍不得走？

覃小英说：我走了你身边就没女人了呀。

顶牛爷说：说到底你还是舍不得我这四颗金牙。

覃小英说：说到底那个找不到见不着的女人呢，比我重要。

顶牛爷说：对了。

覃小英说：我走！

二十年前的对话，覃小英依然记得清清楚楚，如今跟我讲起，举重若轻，还增添了诗意。

顶牛爷还活着。我对她说。

那他就是八十岁了。她说。

他去年差点就死了。我说。我告诉覃小英，顶牛爷1999年生了一场大病，没去医院，去医院治病要花钱，而顶牛爷没有足够的治大病的钱。亲戚愿意借钱给他，他不要。村委会答应马上帮他补办五保，他摇头说来不及了。知道他嘴里有金牙的人劝他，把这四颗金牙都拔了，用来治病吧。顶牛爷说道：你们不是怀疑我金牙是假的吗？真的是假的。

金牙是真的……金子！覃小英打断我的讲述说。她用她家族前前后后都是做金银珠宝生意来说明或证明，她对金子有先天和后天的鉴别能力。我一眼就能看出来，那是足金做的四颗牙齿。她最后说。

顶牛爷有病不治，或者说一分钱不花，在家等死。从去年春天到秋天，他为自己选定了墓地，并造好了棺材。他以为他熬不过去年冬天，却在冬天过去春天到来后神奇地好了起来，重新在村子出现和走动。他拔萝卜，吃红薯，甚至啃甘蔗，都被人发现。

覃小英快慰地笑了。女慈善家的笑容，看起来跟普通妇女的笑容没多大差别。

我五十六岁这年，春节前回上岭村，看望大哥。由于新冠病毒肺炎疫情，我被困在村里。我在大哥家过年，心想我今年五十六，顶牛爷就是一百岁了。他的身体还好吗？他的金牙还在不在？

等到疫情缓解，我可以回南宁了。离开上岭村的前夕，我决定去探望顶牛爷。

从外面看，顶牛爷居住的房屋还是老样子，只是换了瓦片，赭红的屋山覆盖在老梁旧墙上，像一顶红伞在为老人遮阳挡雨。

在这座主体年岁比顶牛爷年岁还长的房屋里，我见到了顶牛爷。他戴着一顶圆形的加绒的黑色棉帽，棉帽腻乎油亮，像是裹着板油的羊肚。他戴帽子，却不戴口罩，因而面容全露在我的眼前。一百岁的他脸蛋沟壑纵横，色泽黑化枯涩，但依然有阳气浮现或充斥着，像是一个虽然磨损泄气但仍然可以滚动的皮球。这得益于他一双有神的眼睛，他的眼睛仍然有光，仿佛放火，助力他百年的生命在延续和燃烧。

我以为他认不出我来，因为我戴着口罩，并且我还不敢摘下口罩。但是他叫出了我的名字，而且是外号：小肥猪。

我想顶牛爷一定是闻到了我带来的炖猪蹄的气味，猪蹄现在还被芭蕉叶包裹着，没有现形，但气味已经钻进了他的鼻子里。这是顶牛爷熟悉和找寻的味道。通过这味道，他知道是我，我来了。

我来时他坐在棺材上，此刻他还是坐在棺材上。这没有什么不吉，恰恰相反。看淡或看透生死的人往往长生，就像战壕里视死如归的人通常侥幸活着。这口二十年前顶牛爷就已准备好用来装自己的棺材，至今还在阳间，被顶牛爷当成座椅和床榻，福寿延年。而且，长寿人家的棺材，外人能坐上去，就是福分。

我坐在了棺材上，与顶牛爷并在一起，像藤架上相邻的一个老瓜和一个小瓜。但我不敢触碰他，不敢握他的手。我隔着口罩问候他，像一个医生，也像一个病人。

顶牛爷口无遮拦地和我说：你现在带的猪蹄，我啃不动了，牙齿都掉光了。

顶牛爷说话的时候，我没注意他的牙齿，我注意的时候，他嘴已经闭上了。

我想我带来的猪蹄还没给他呢，便把放在一旁的猪蹄拿起，捧上。我正动手打开包裹猪蹄的芭蕉叶，被顶牛爷摇头并摆手制止。

顶牛爷又张嘴，说：看，牙没了。

顶牛爷说完话，嘴还张着，为了让我看他的牙。

我看他的牙，是没了。一眼扫过去，光秃秃的，只有牙床和部分牙龈，而且萎缩得很厉害，像是寸草不生并且垮塌的丘陵。

可是我再仔细看，往里看，忽然发现有东西在闪光，像是黑暗的隧洞深处燃放的火花。我熟悉这火花，知道是什么东西在闪光。

我说：金牙不是还在吗？四颗，都还在。

顶牛爷说：这不是我的。

我晓得。是你死去的战友托付给你，交给他的妹妹的。

顶牛爷看着我，或说盯着我，像盯着一本记事簿。他想起了什么，说：金子的事，我没有跟你讲完。

我说是的。

现在我对你讲。

我抖动还捧在手上的猪蹄说：把猪蹄吃了再讲？

顶牛爷说：你以为我还稀罕你的猪蹄呀？你也不是小孩了。

在过了五十年之后，我听顶牛爷讲金子未知的事，他嘴里咬合着这金子做的牙齿，吐出全部的秘密或真相——

顶牛爷被俘虏被教导后，领了路费回家。他并没有直接回家，而是在回广西的半路，就拐去找战友韦元生的妹妹了。韦元生是陆川县马坡乡大良村人，这个顶牛爷记得。他很顺利地来到了大良村，却见不到韦元生的家人。村里人告诉他，韦元生的家人早就死光了。顶牛爷不信，指出韦元生还有个妹妹，她或许出嫁了，嫁到什么地方去了呢？村里人众口否认，韦元生根本就没有妹妹。顶牛爷还是不信，转而去别处打听和寻找。这一找，便是一年。找不到韦元生妹妹的下落，顶牛爷只好回家。他回到阔别十多年的上岭村，却无法安定和安心下来，因为有事未了。韦元生这个找不着的妹妹，就像深水里的一条鱼，迟迟没有让他钓着。他嘴里的四颗金牙，不拔掉交给真正归属的人，就硌得慌。于是他每年都要出去找，短则两个月，长则半年。年复一年，韦元生的妹妹还是没有找到，而且找到的希望更加渺茫。他开始怀疑韦元生是否有妹妹了。韦元生临死的时候，给了他一坨金子，然后吞吞吐吐，他听成是托他交给韦元生的妹妹。如果韦元生真没有妹妹，那这坨金子不就是留给他这个活着的战友的吗？韦元生为什么不明说？为什么要骗人？是怕他顶牛爷拒绝不要，还是考验他顶牛爷是否贪心？

韦元生这野仔，耍弄我，以为我是见钱眼开见利忘义的人！百岁老人顶牛爷咬牙切齿，恨恨地骂道。我就不要你这坨金子，穷死我都不用。我就留着死后到了阴间，再问他清楚，还给他！

顶牛爷骂骂咧咧的时候，我又看见他嘴里闪着金光的牙齿，像是暗夜田垌飞翔的萤火虫。

后　记

上岭：我生命中最亲切的土地

从桂北都安瑶族自治县县城往东十三公里，再沿红水河顺流而下四十公里，在二级公路的对岸，有被竹林和青山拥抱的村庄，就是上岭。

村庄依山傍水、钟灵毓秀，居住樊、黄、韦、谭、潘等姓人家，以壮族居多。世代同心同德，和睦相处。一家有难，八方来助，每有喜事，全民同乐。生产得天独厚，牛壮羊肥，鱼虾鲜美。村风清雅和畅，人格慈善智聪。鸡鸣狗盗罕见，百岁寿者常有。

小学位于村中，已七十年。花红叶绿，桃李满天。山河代有秀士出，鲜有官员商贾，多是博士教授。诵读传家，蔚然成风。

码头下游三公里，新有八甫大桥，可达上岭。天堑变通途，梦想照进现实。忆昔抚今，感慨万千。

村子故事多，有苦也有乐，看似一幅画，听来像首歌。远在他乡为异客，魂牵梦萦是上岭。

庚子　秋

上文是我写的《上岭村记》，它已刻在上岭村河对岸入口的一块巨石上，像粘在玉米馍上的一窝蚂蚁，或像跃出水面亮相的一群鱼，涌动着我对家乡人民的关注和热忱。

上岭有着不多的人口，却生生长流、层出不穷，他们的确像蚂蚁一样渺小、坚韧，却又像鱼群一样抱团、欢乐。已经死去和还活着的，都是我的父老乡亲。

嘴里有四颗金牙今年已活过一百岁的顶牛爷，是我的樊家亲人。他活得实在太长了，比村里最老的树的年龄还长，因为村里的树一度被烧光和砍光，在顶牛爷出生之后。但顶牛爷说，我从来没有想活过一百岁。

我原以为顶牛爷也没有活过一百岁的必要。他困苦可怜、孤苦伶仃，像一棵被雷劈过、被刀砍过、身上满是鸟屎的残损肮脏的树。有几次传言他已经死了或断言要死了，但是他都活了过来，并且越活越健康和抖擞。他活着是一个奇迹，或一个谜。

我决定探求顶牛爷长寿人生的经历，解开他老而不死之谜。

我用酒、用烟、用肉，更用我的真诚和其他智慧，从顶牛爷的嘴里和其他人的嘴里，套出了顶牛爷的一个又一个故事，这些故事生动和精彩，像他嘴里的金牙。

趁顶牛爷活着，我必须尽快把他的故事讲出来，写他的百岁史。

我从去年春开始写，至今一共记录了顶牛爷的九个故事。九个故事分别是《当兵》《督战》《阉活》《裁决》《算数》《黑鳝》《公粮》《花钱》《金牙》。

这些故事已相继发表在《收获》《人民文学》《天涯》《山花》，并即将在《长江文艺》《中国作家》等刊物发表。它们紧锣密鼓地发表问世，像是与顶牛爷的生命赛跑。

《金牙》是我最早写的顶牛爷的故事，但是我把它放在了系列故事的最后，因为这个故事是我的最爱，他嘴里的金牙是我亲眼所见，他的金牙之谜就是他的长寿之谜。我依此游进了顶牛爷的生命长河，并解开了他所有的悬念。

其实这些故事不光是顶牛爷一个人的，而是上岭村人故事的结合和综合。他的身上满是上岭村男人的性格和气味。他的经历中有我曾祖父的冒险和神秘，有我祖父的坚忍和大气，还有我父亲和叔父的善良和忠诚……

上岭是一个村，又是一个人。

我是上岭村人。

2021.1.19